赤夜
花輪和一

目　錄

蛇之助今夜再度頭戴宗十郎頭巾，避人耳目，開始養護其刀。
赤夜
啊啊，陶醉磨刀丑三時之圖

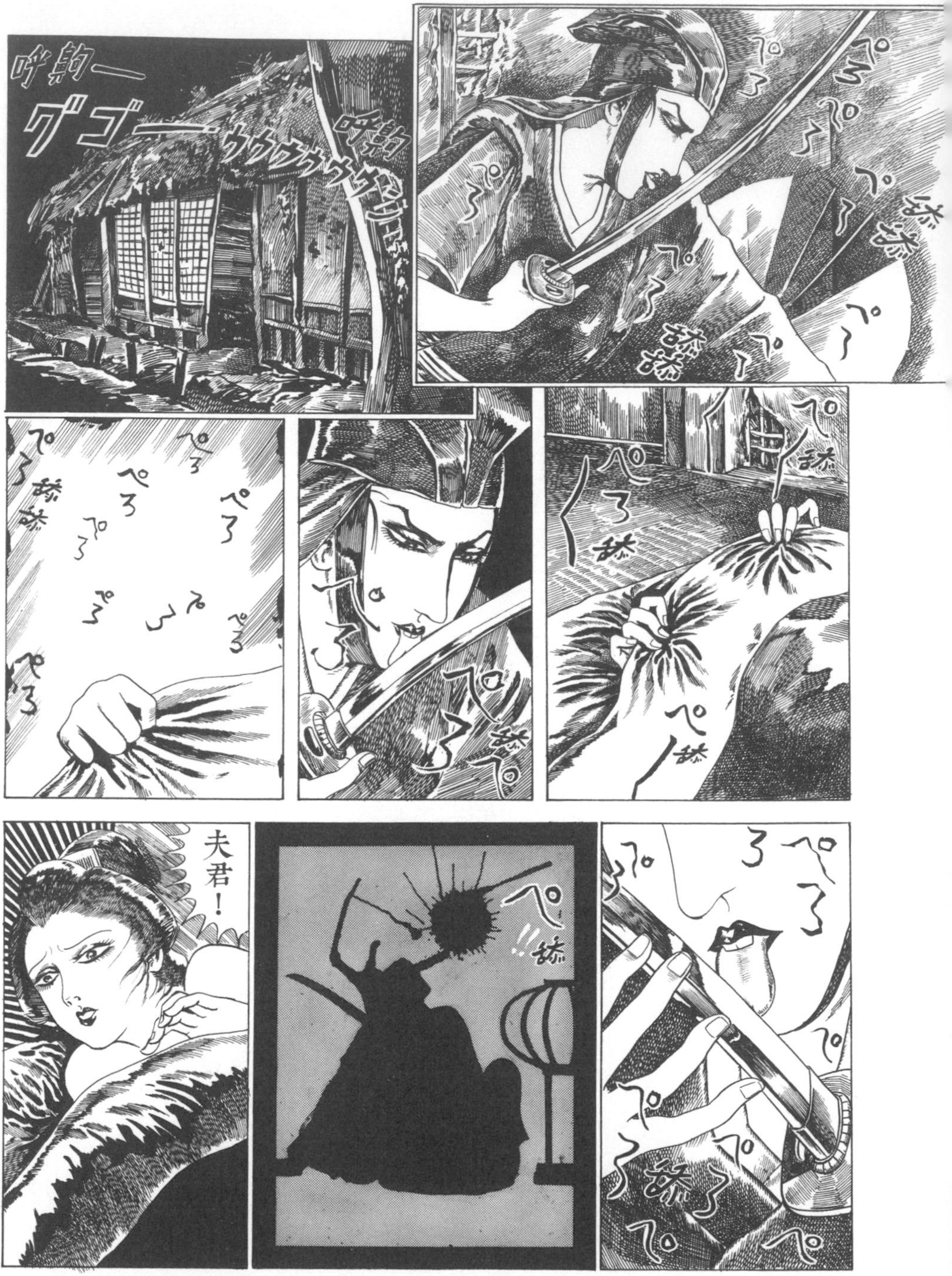

ぺろぺろぺ～
ぺろ
舔舔
舔舔
呼鼾ー
グゴーウウウウウ
呼鼾
ぺろ
舔
ぺろ
ぺろ
ぺろ舔
ぺろぺろ
ぺろぺろ
ぺろ舔舔
ぺろ
ぺろ
ぺろ
ぺ舔
夫君！
ぺ舔
ぺろ
舔ろ

請你留步。
你不可去啊！
キッ
請你留步。
喂，別阻撓我，放開，放開，真是無禮，我都叫妳鬆手了。

妻子憂心丈夫
丈夫欺凌妻子之圖
喂，無禮的傢伙，我都叫妳鬆手了，竟然做到這種地步。快，放手啊。
ビシ〜ん〜。
劈劈〜
バシ〜ん〜ん〜。
啪啪〜
啊好痛，好痛啊。

啊，他最後還是走了。
光陰如梭
離開故土已五年。
至今仍尋不著仇家，在製傘長屋，過窮困生活。
他一天天遺忘他的武士魂。
這刺青只是一個謊嗎？我想到便覺哀傷。

ガピュッ
喀噗
嗟うあああああ
フトン 棉被
カタ肩
ウデ手
アタマ頭
右ウデ手
ショウジ紙門
毛髮
マクラ枕
ゴオォーン
咻ー

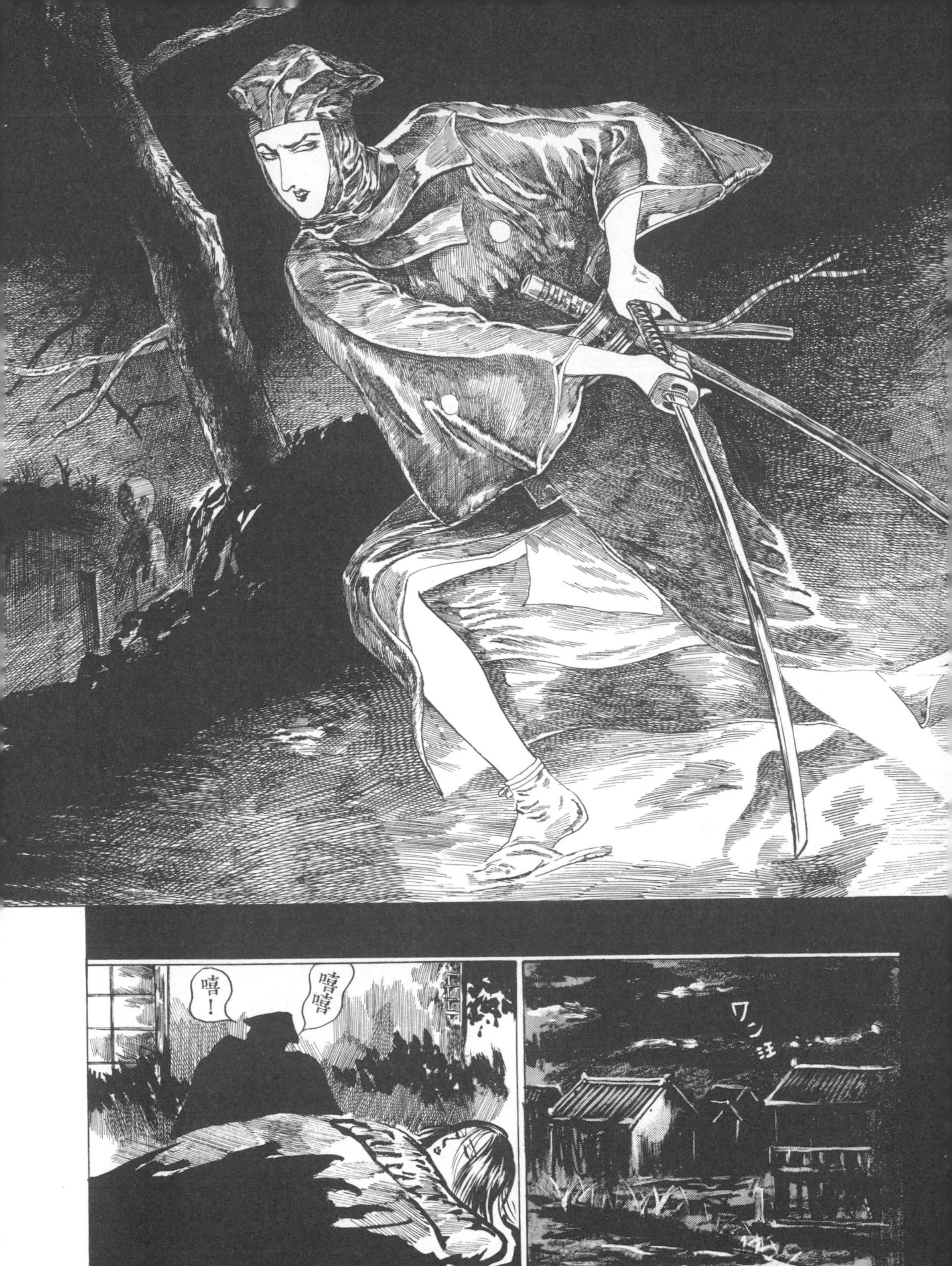
ワン
汪
嘻嘻
嘻!

呵呵呵
ジャラジャラ
叮咚叮咚
ポタ
滴
伊佐地小弟被擺這麼一道，老子我恨到咬牙切齒，無法自拔啊，這實在是……
這格我怎麼都畫不出來
我失去自信了好想死
於玉堀上漂著這麼多屍體……
已經第十二個人了呀，老子我…老子我…
捕快
錢無平気
ゼニナシヘイキ
閂助平右門
鬼平半加丁科
入形佐八

仇敵之血
都還未乾，
蛇之助
翌夜
又出門了。
沙——
沙——
沙——

唔
ザー沙
ザー沙
嚇
唔……啊……
啊
哇啊

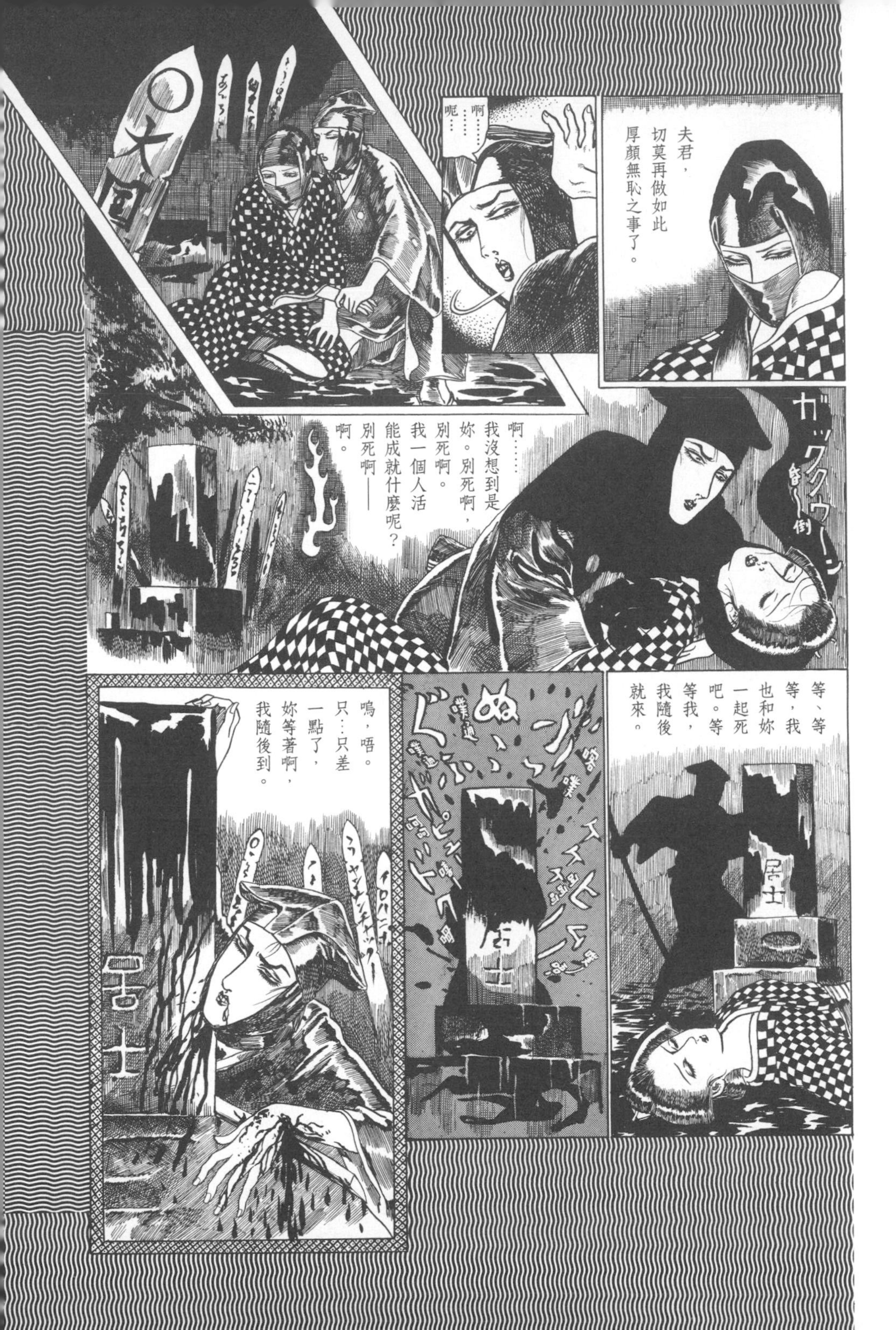
夫君，切莫再做如此厚顏無恥之事了。
啊……呃……
ガックウーン
倒
啊……我沒想到是妳。別死啊，別死啊。我一個人活能成就什麼呢？別死啊——啊。
等、等等，我也和妳一起死吧。等等我，我隨後就來。
居士
嗚，唔。只…只差一點了，妳等著啊，我隨後到。
居士

呃——呃——咦?怎麼回事?一直無法順利死去。
ヨウシ!!
等著瞧!!
ダ
奔

赤夜／完 1972.6.23

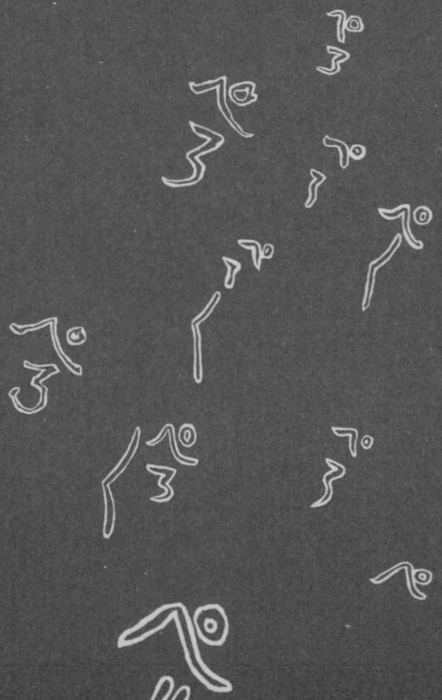
ぺろ
ぺろ
ぺ
ぺろ
ぺろ
ぺろ
ぺ
ぺ!!

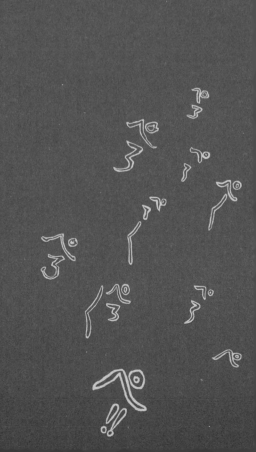

歸還

姐姐，早膳已為您準備好了。
嗯……
就快十一點了。
昨晚我託妳縫的半襟，好了嗎？
真、真是對不起，我太忙了，就…
真傷腦筋呀，小駒，我今天要穿啊。
飯好像稍微冷掉了呢。
真是對不起。

但願戰爭早日結束
神啊，拜託你了，請讓我的夫君平安回到我身邊。
我來介紹一下，這位是我朋友變子小姐。
她會在這住下，請多關照呀。
好的。
大姑曾經出嫁，後來又回到老家，是任性的懶惰蟲。
各種家事全都推給小駒。
唉，結果還要再多一個寄居者。
寒風吹痛她龜裂的手，足見勞務之刻苦。

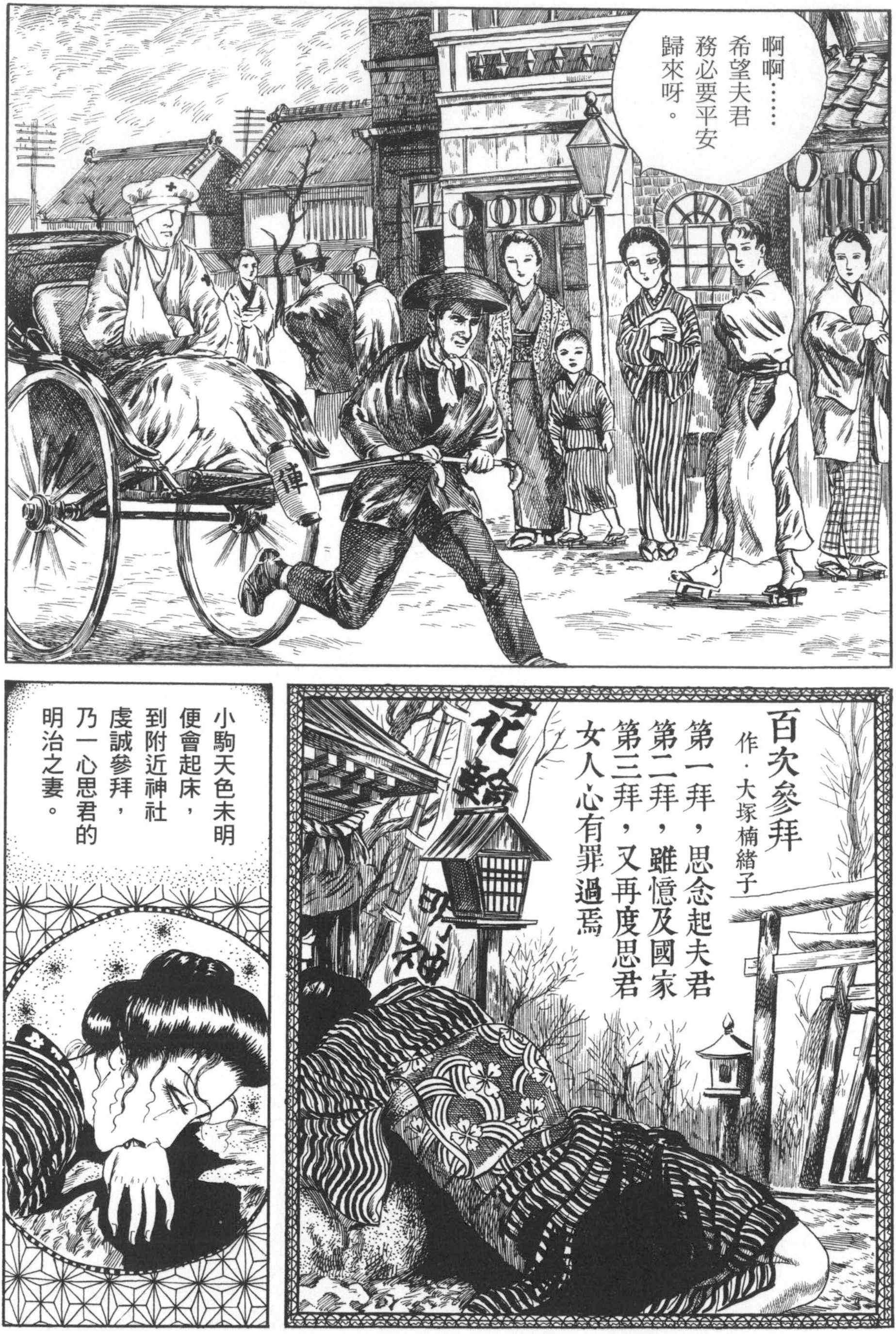
啊啊……
希望夫君
務必要平安
歸來呀。
小駒天色未明便會起床，到附近神社虔誠參拜，乃一心思君的明治之妻。
百次參拜
作・大塚楠緒子
第一拜，思念起夫君
第二拜，雖憶及國家
第三拜，又再度思君
女人心有罪過焉

媽的！
ガシャー
匡啷
嘎

唉呀，你怎麼啦？
怎麼啦個屁啊，真是的。
我受不了啦，不想再扮成這樣了…
雖然是為了欺瞞世人目光，但我已經嚥不下這口氣了。
這是屈辱，我受不了了。我想剪掉頭髮，回去當男人啊……
嗚……
你不可以那樣啊。我才剛被趕出夫家，等到風波過去再說吧。
我不想增添更多惡名了……
我可是見風轉舵派啊。

我遲早會把小駒趕出這個家，到時就只有我們兩個一起生活了。
所以啦……
…………
我明白了。
這麼說來妳都……
是的……我一一知曉。
蠢到極點了。也就是說，這變裝根本白費力氣。
倒是那傢伙呀，打算把妳趕出這個家……怎麼辦呢？

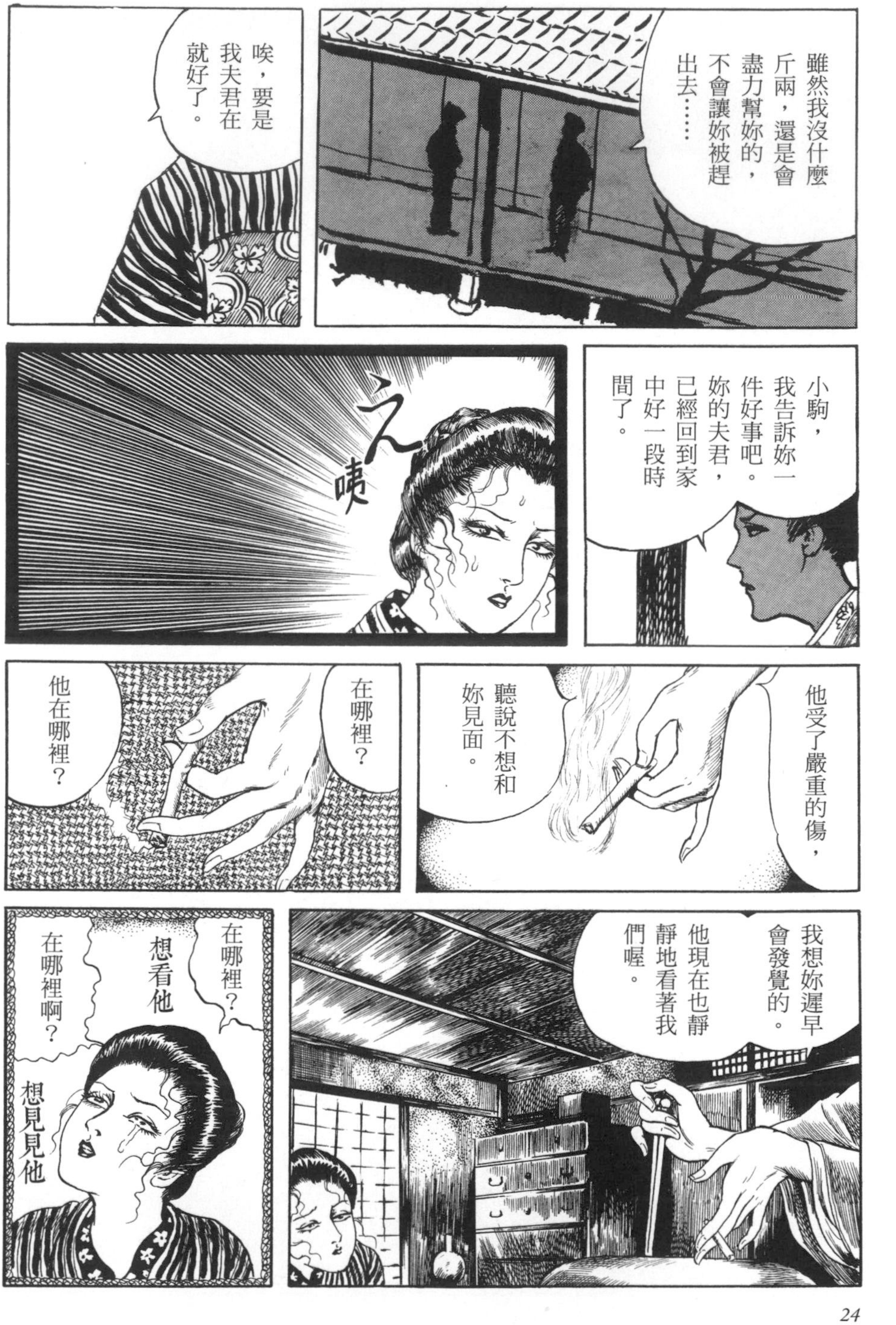
雖然我沒什麼斤兩，還是會盡力幫妳的，不會讓妳被趕出去……
唉，要是我夫君在就好了。
小駒，我告訴妳一件好事吧。妳的夫君，已經回到家中好一段時間了。
え
咦
他受了嚴重的傷，
聽說不想和妳見面。
在哪裡？
他在哪裡？
我想妳遲早會發覺的。
他現在也靜靜地看著我們喔。
在哪裡？
想看他
在哪裡啊？
想見見他

スーハー
嘶—吁—
想和他說話
スーハー
聽得到吧？他吐氣和吸氣的聲音。
是啊，在、在哪呢？
じゃき
嚓喀
我參拜了百次，祈願和你再會呀。
不管你變成什麼模樣，我都是你的妻子。出來吧!!

イマセン
他不在
小駒——
搜遍了家中所有角落，卻不見夫君身影，她感到不可思議。
地板下
壁內
天花板內側
儲物間也找過了好幾次。
買到牛奶了嗎？
讓他尿過了嗎？
接下來才要去買。
雖然是親弟弟，但想到接下來要照顧到他死為止……就好鬱悶呀。
你真可憐，你姐說了很過份的話呢。
哭成這樣了。

啊，出來了出來了。
他只喝牛奶，味道才這麼⋯
上次說要巧妙地把那個人趕走，
想到好主意了嗎？
請不要鬧我了。拜託你，讓我看夫君一眼。
啊，這樣啊。那你別告訴她喔⋯⋯
別嚇到囉。

炸彈在做丈夫的腳邊爆炸，使他負傷，但不知怎麼地，他活了下來。這，是小駒百次參拜所得的上天恩惠。這，是令人感佩的事態。
戰友要他撐住，捧起他，偷偷帶回內地，然後才有了今天。
這就是我的丈夫嗎……
嘿嘿嘿，是啊，對他的愛意消散了吧？

花輪大明神——你把變成這模樣的丈夫歸還給我，我不知道該感謝，還是該悔恨。
我明明那麼拚命參拜……為什麼只欺負我呢？
奉納
那樣還算神明嗎!!只會欺負弱者，你要知恥呀，蠢貨!!
火冒三丈
啊，我真是個糟糕的女人。是我的念力不夠對吧，神明大人啊。
啊、原諒我
夫君

夫君，你要尿尿嗎？
啵
就算是夫妻，在愛妻注視下仍會恥悅交加。
恥
啊，出來了。
チョロチョロ
無臉見人
夫君頭以下連著番薯般的內臟，它們全存放在壺中。
你是不是把他藏到哪去了？
我都知道，你一直在勾引小駒對吧。
才、才沒有。太過份了，妳誤會我了。
我可是被趕出婆家的女流氓，別瞧不起我啊！

屋
青林堂
小駒的夫君連說話都無法，只會——喝奶、排尿、流淚。
夫君，我們一起粉身碎骨，死一死吧。
就算活在世上，我們這種弱者也只會被大家耍得團團轉。
爛

與心愛之人一同赴死之喜悅
小駒她
コロン
叩隆
カラン
喀啷
コロン
叩隆
並沒有死。
カラ
コロン
カラン
叩隆
コロン
喀隆

獵人
某處依稀傳來笛聲、大鼓聲。
那是山麓村莊奏出的秋日祭典音樂。

生於深山、註定死於深山的我，每年都很期待聽到這聲音。
今年我又像這樣，快快活活地來到村里附近了。
以家戶燈火為背景，看著睽違一年才見到的人類，邊喝手釀水果酒，然後祭典音樂又傳入耳中了……啊，這一切洗滌了我這種山居男人的生命。
喔？
ドドンキドンキンドン
カカカッドドカカ
ドンキンドン
祭典似乎也來到最高潮了呢。
啊……我再也按捺不住自己的心情了。
我也加入他們吧。

きみ さあおどろう
你來跳舞吧
哇啊啊！
跳到骨頭都快斷掉吧!!
咻
ビシッ
劈沙
昨晚很有趣，也很開心。
……哎唷？
うわあ〜ん
哇啊啊
ザッ
沙
聚集了這麼多黑斑蚊!!
唔，血的味道——

啊!!糟了。
昨晚原來還有另一隻上鉤啊。
ウワ〜〜ン
嗡嗡〜嗡
真可惜啊。是女人的手，而且是小妞的。
沒有比夜晚的竹林更可怕的地方了。
竹葉被風吹得彼此磨擦的聲響令人難耐……沒錯，我……
以前見識過完全相同的狀況。
我在飼養的麻雀腳上綁了一條繩子，但某一天，牠啄斷自己的腳，
逃げていった
逃走了
啊!!伯勞鳥，伯勞鳥飛向下方的村里了。我不能再拖拖拉拉了。
山上的冬天很快就會來了啊!!休息時間結束了。
村里已是秋天，
回深山吧!!
我得去跟熊搏鬥才行!!
完

獵人／完 1972.7.20

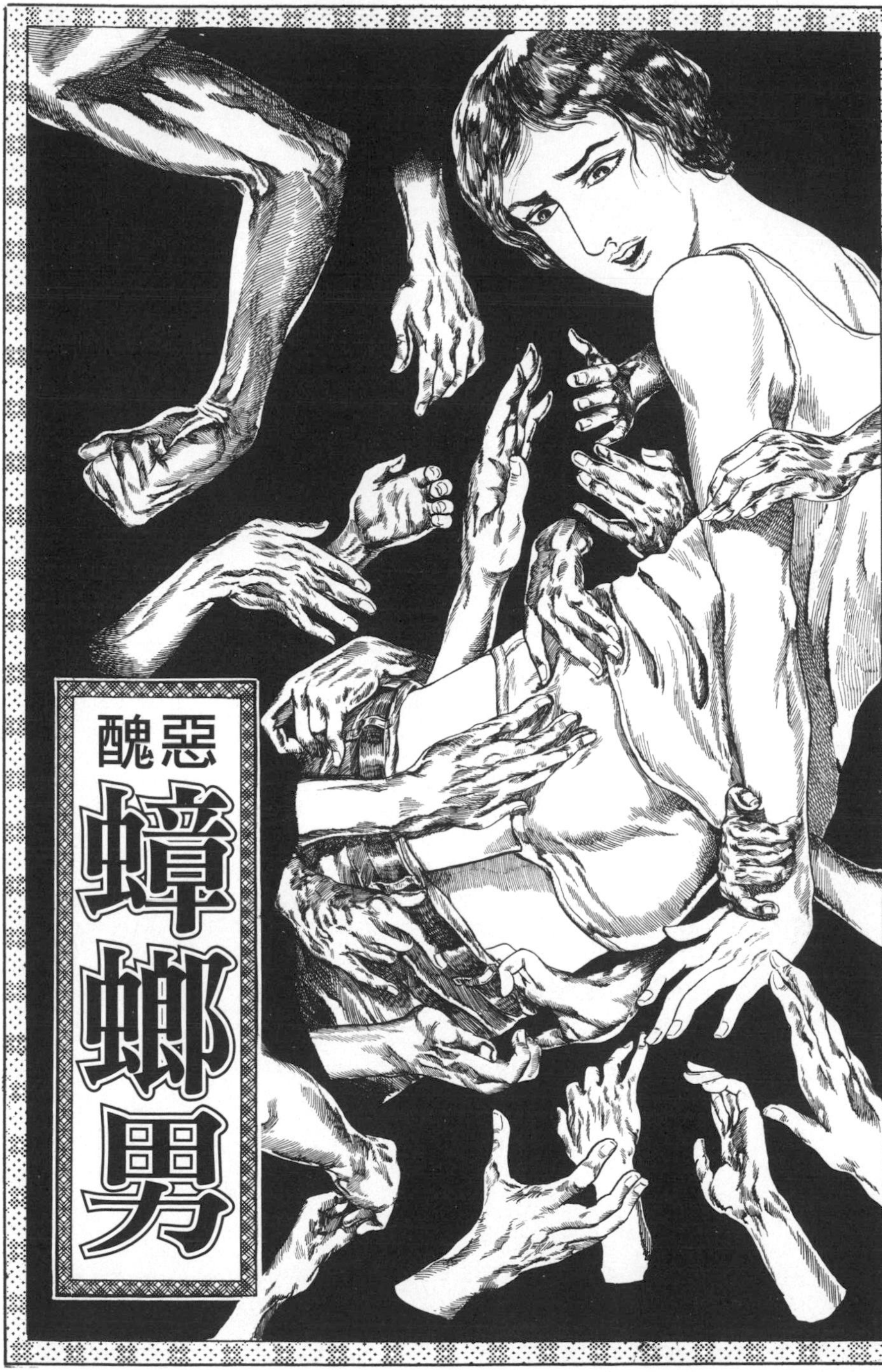
醜惡
蟑螂男

嚇!!
是、是夢嗎……
啊……
自從來到這屋子後……
我每晚都會做討厭的夢。

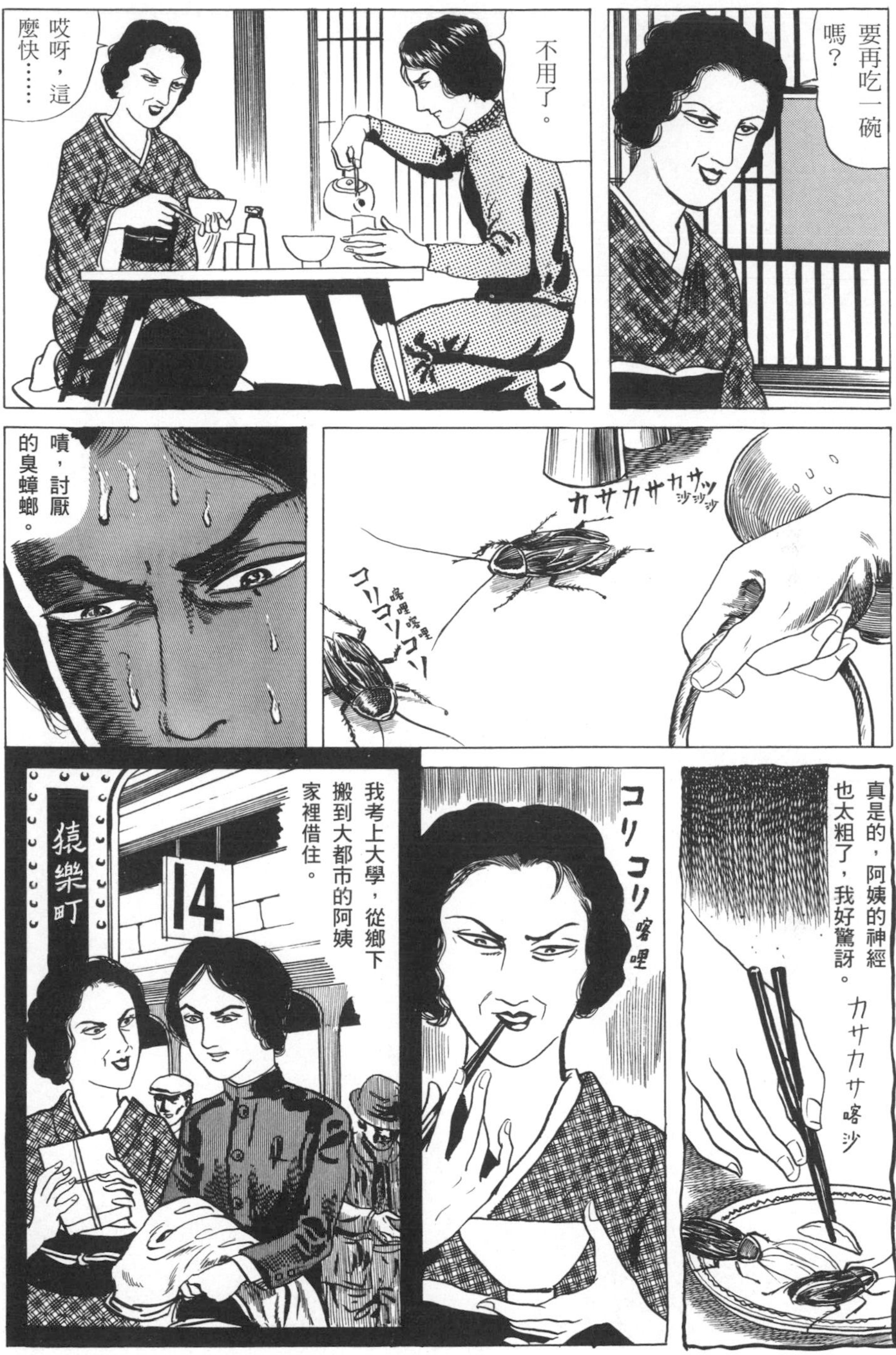
要再吃一碗嗎？
不用了。
哎呀，這麼快……
カサカサカサッ
沙沙沙
コリコリコリ
喀哩喀哩
嘖，討厭的臭蟑螂。
真是的，阿姨的神經也太粗了，我好驚訝。
カサカサ
喀沙
コリコリ
喀哩
我考上大學，從鄉下搬到大都市的阿姨家裡借住。
猿樂町
14

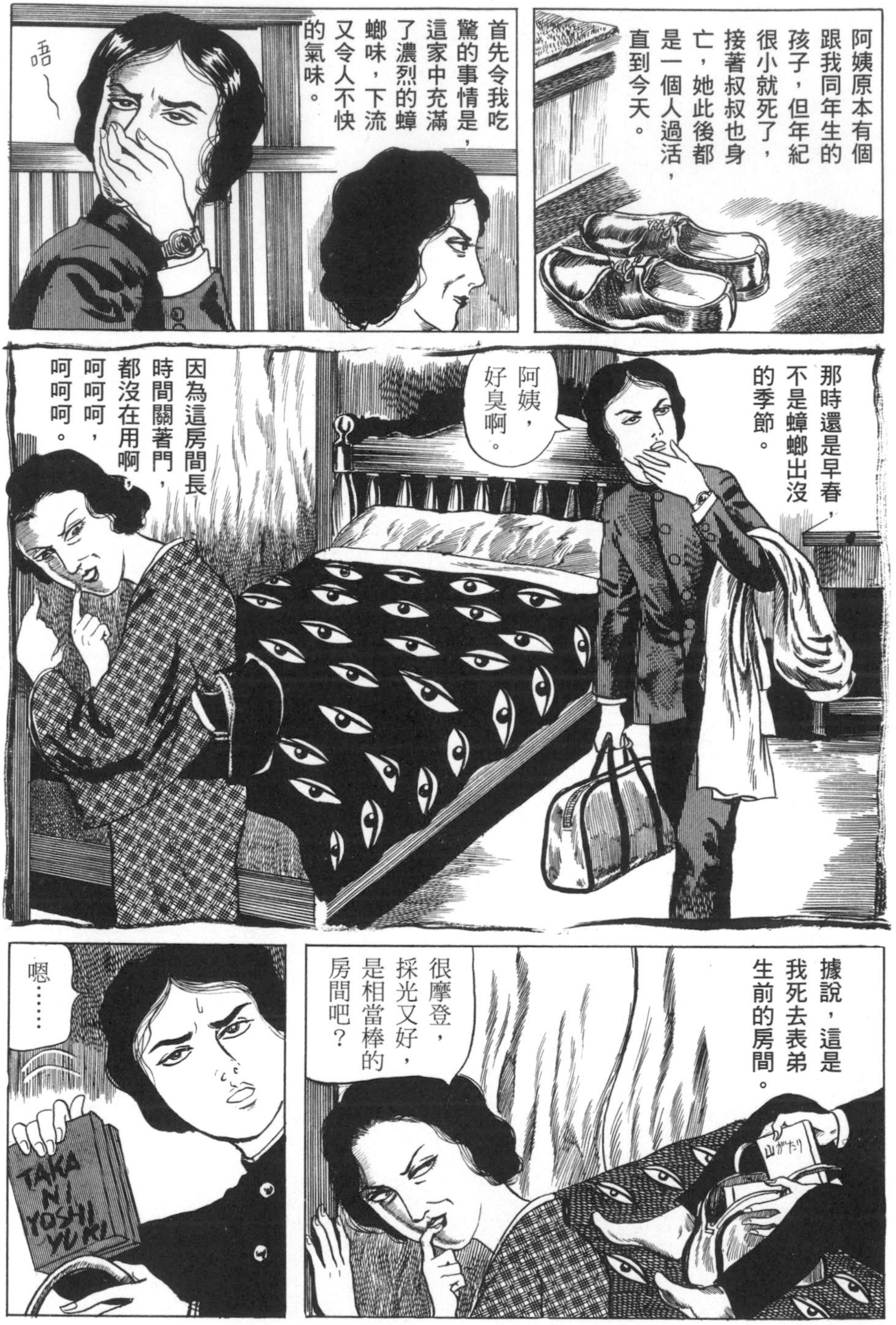
阿姨原本有個跟我同年生的孩子，但年紀很小就死了，接著叔叔也身亡，她此後都是一個人過活，直到今天。
首先令我吃驚的事情是，這家中充滿了濃烈的蟑螂味，下流又令人不快的氣味。
唔～
那時還是早春，不是蟑螂出沒的季節。
阿姨，好臭啊。
因為這房間長時間關著門，都沒在用啊，呵呵呵，呵呵呵。
據說，這是我死去表弟生前的房間。
很摩登，採光又好，是相當棒的房間吧？
嗯……
TAKANI YOSHIYUKI

這也是所謂的都會的氣味嗎……
啊，小義，內衣褲都放進這床架的抽屜吧，我再一次幫你洗。
就這樣，我展開了都市生活……不過第一天晚上就發生了不可思議的事……
那個夢是其中之一，不過還有更令人發毛的狀況…………!!
カサカサ 喀沙喀沙
コリコリ 喀哩喀哩
到了早上——我放進抽屜裡的內褲變得破破爛爛的。
簡直像被咬破的。嗯!!好毛啊……
還有，沾在我全身上下的下流臭味到底是什麼？
小松崎茂
高荷義之
中西立太
藤尾毅

之後我一直面臨以下這種狀況……
COKUGO
只要進這房間一步，全身上下都會感覺到某種熱切的視線，彷彿有誰盯著我看。
幾天後，我不小心勾破了褲子。
我打算縫補它……
於是去拿架子上的裁縫箱……
就在這時……
ブスッ
噗嚓
ギエ～
呃啊～!!
唔!!

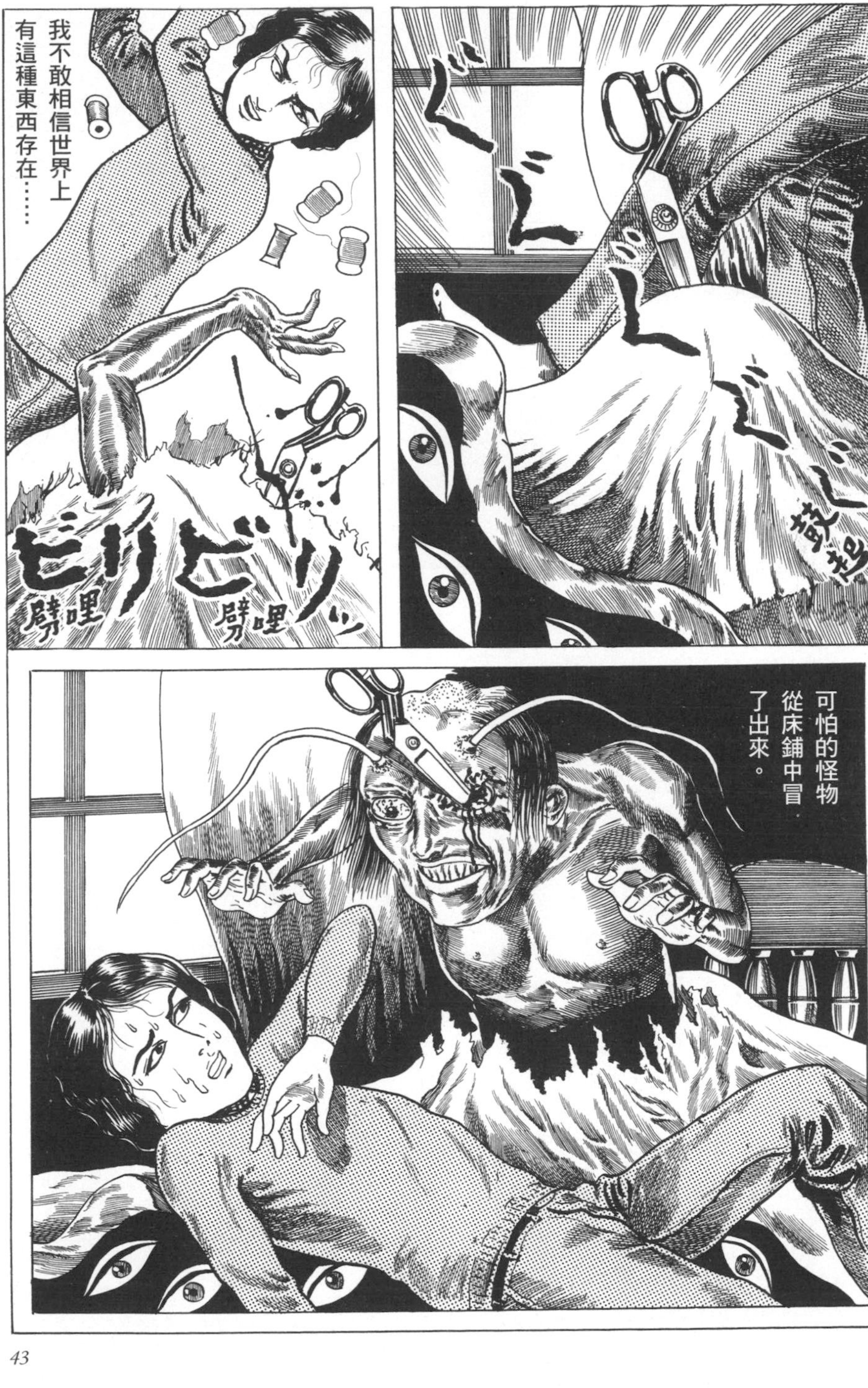
鼓起
我不敢相信世界上有這種東西存在……
ビリビリッ
劈哩劈哩
可怕的怪物從床鋪中冒了出來。

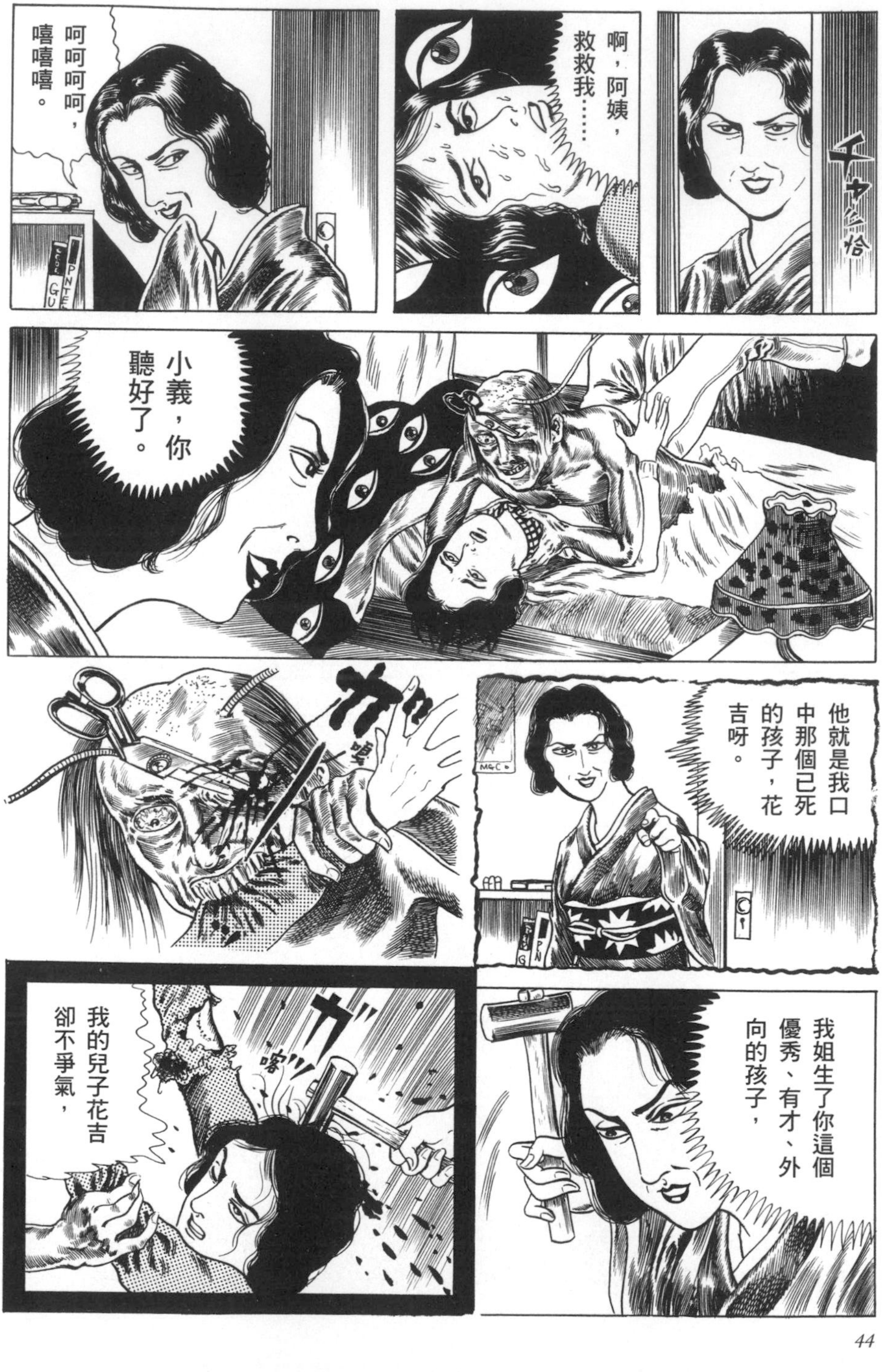
チャ
恰
啊，阿姨，救救我……
呵呵呵呵，嘻嘻嘻。
小義，你聽好了。
他就是我口中那個已死的孩子，花吉呀。
カッ
嘎
我姐生了你這個優秀、有才、外向的孩子，
我的兒子花吉卻不爭氣，
ガッ
喀

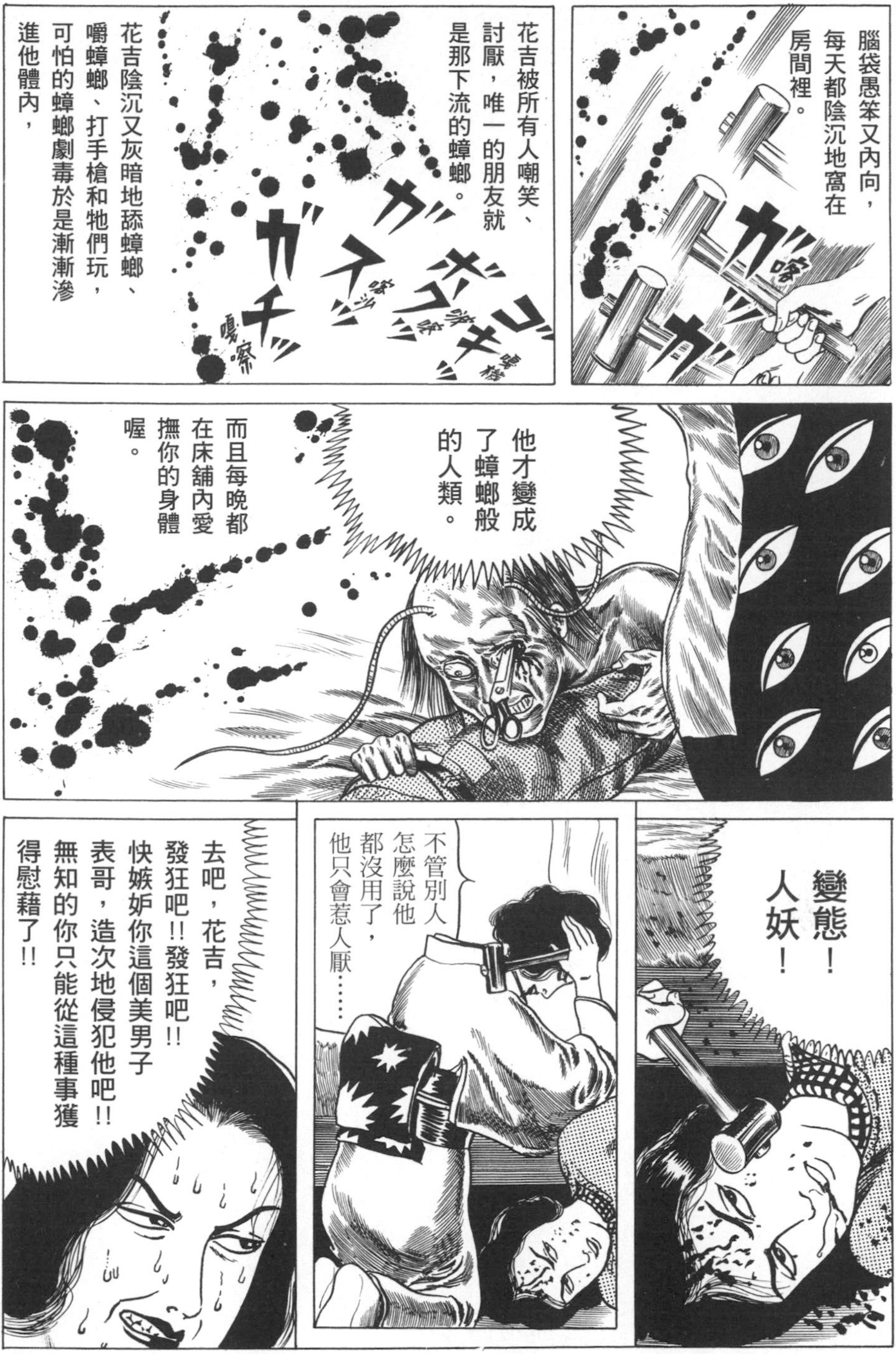
腦袋愚笨又內向，
每天都陰沉地窩在
房間裡。
カッ
カッ
花吉被所有人嘲笑、
討厭，唯一的朋友就
是那下流的蟑螂。
花吉陰沉又灰暗地舔蟑螂、
嚼蟑螂、打手槍和牠們玩，
可怕的蟑螂劇毒於是漸漸滲
進他體內，
他才變成
了蟑螂般
的人類。
而且每晚都
在床鋪內愛
撫你的身體
喔。
變態！
人妖！
不管別人
怎麼說他
都沒用了，
他只會惹人厭……
去吧，花吉，
發狂吧!!發狂吧!!
快嫉妒你這個美男子
表哥，造次地侵犯他吧!!
無知的你只能從這種事獲
得慰藉了!!

呵呵呵，我學生時代腦袋也很不靈光，被我那個秀才姐姐笑得可慘了呀。
現在就是我宣洩怨恨的時候了，覺悟吧你。
這下終於要進入造次地引發生理不適的淒慘部份了，不過畫出來會令人不快，所以這次就這樣做結吧：小義到死都會是花吉的玩具。句點。

〈醜惡蟑螂男／完〉

怨獣
花輪和一

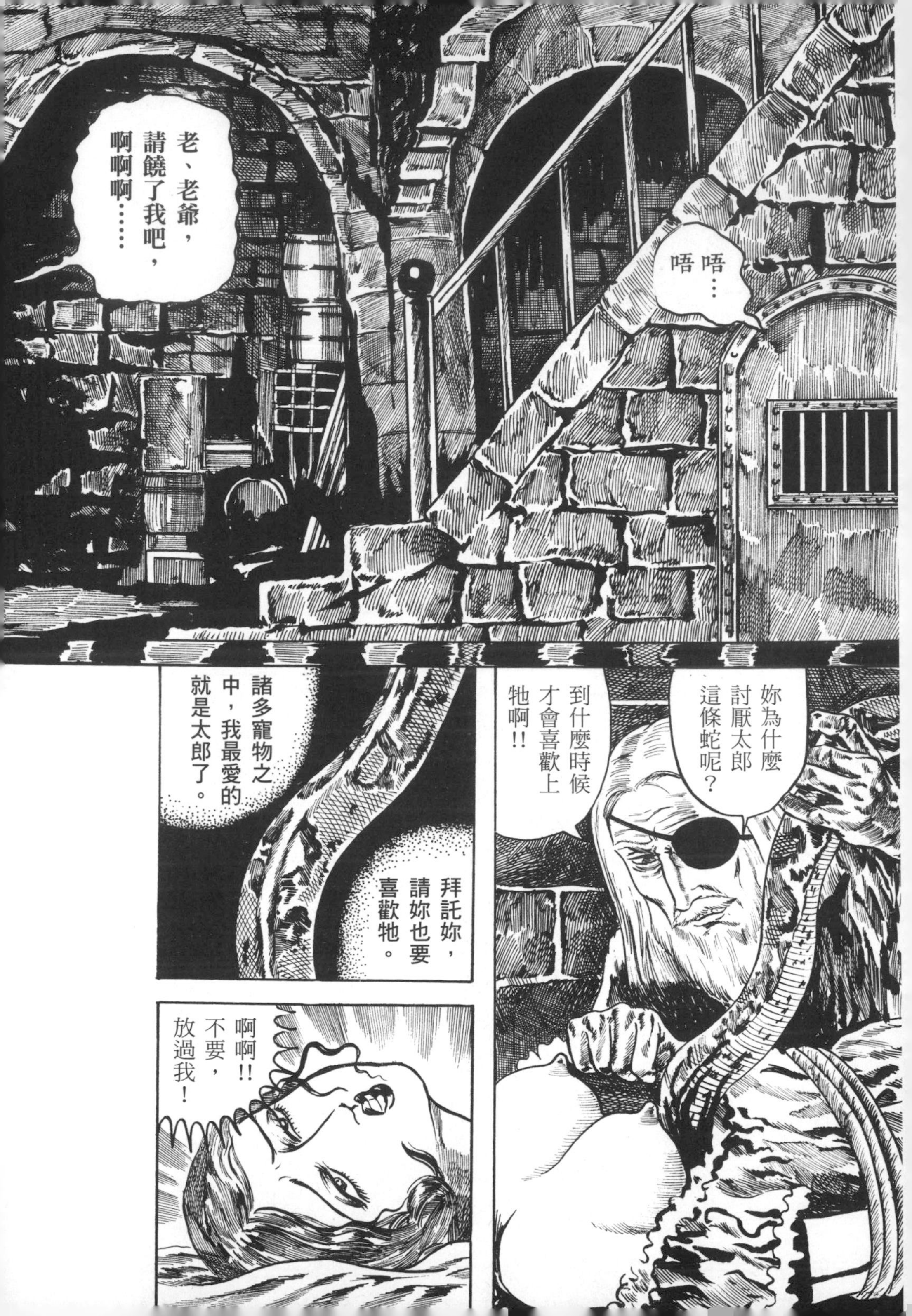
唔唔……
老、老爺，請饒了我吧，啊啊啊……
妳為什麼討厭太郎這條蛇呢？
到什麼時候才會喜歡上牠啊!!
諸多寵物之中，我最愛的就是太郎了。
拜託妳，請妳也要喜歡牠。
啊啊!!不要，放過我！

……
呀啊啊啊
咕咕咕

送早餐給赤吉了嗎？
是的，不只赤吉大人，地下室的所有寵物我也都餵了。

話說……
昨晚真是對不起啊。
我一把年紀了，再活也沒幾年，一下子就會急躁起來。
您在說什麼呢？老爺您是上田財閥的董事，接下來也得安泰地活躍在商場上才行…
妳真是個體貼的女孩呀。
就跟我料想的一樣。
至今的每個女人，都是覬覦我財產的貪婪女。只有妳不一樣。
我想更進一步，讓妳盡快和赤吉成親，把財產和地下室的可愛孩子們交付給妳……
但我還剩下一件介意的事，就是妳討厭太郎這條蛇。

咿
妳來到這個家已半年了，赤吉那傢伙一開始敵視妳，不過妳每天供餐給他這招奏效了，他現在老是催我，說想趕快和妳結為夫妻。
妳願意和他成婚嗎？
我、我只是個低賤的婢女，配不上赤吉大人呀。
妳在說什麼啊？善良的心比出身重要。赤吉身體狀況很可憐，所以唯有好心人能勝任妻子的位置。
不過，我好心疼赤吉大人呀。他為什麼要過那樣的生活…？

嗯，關於這點，事到如今應該可以告訴妳了吧。
其實呢……妳別嚇到喔。
啊
二十年前，我害死了妻子，因為酒後駕車。我雖然保住了性命，但這張臉變得不忍卒睹。
唔!!
カーン
鏗!
啊，老爺!
唔唔!心、心臟病又發作了，去、去地下室…

請您振作啊。
妳總算辦到了，我很開心喔。
咦？
妳憂心我的身體狀況，所以沒注意到，妳討厭到極點的太郎……
就窩在妳懷裡。
啊啊!!
總覺得我下次要是再發病，就會到生命盡頭了。

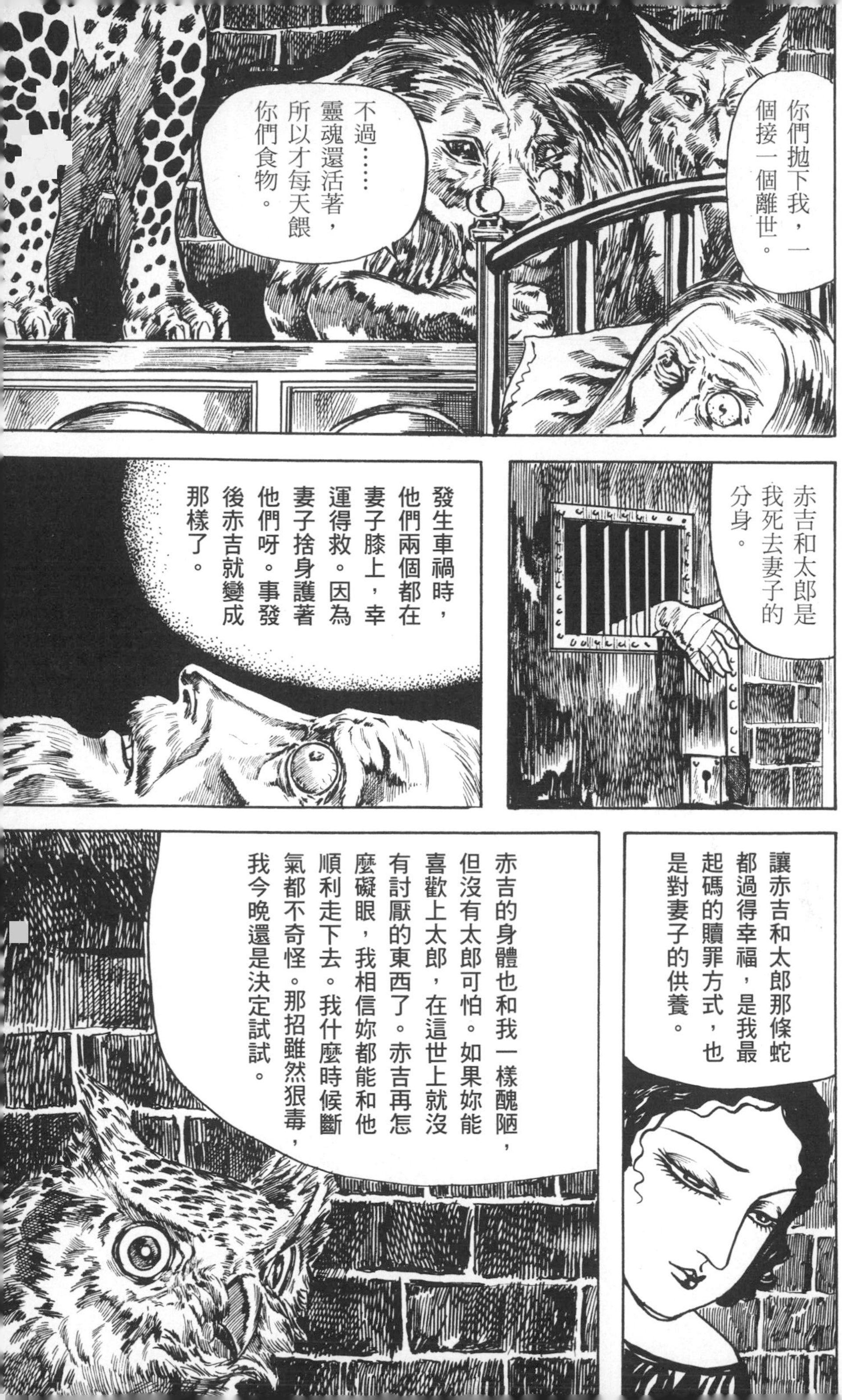
你們拋下我，一個接一個離世。
不過……靈魂還活著，所以才每天餵你們食物。
赤吉和太郎是我死去妻子的分身。
發生車禍時，他們兩個都在妻子膝上，幸運得救。因為妻子捨身護著他們呀。事發後赤吉就變成那樣了。
讓赤吉和太郎那條蛇都過得幸福，是我最起碼的贖罪方式，也是對妻子的供養。
赤吉的身體也和我一樣醜陋，但沒有太郎可怕。如果妳能喜歡上太郎，在這世上就沒有討厭的東西了。赤吉再怎麼礙眼，我相信妳都能和他順利走下去。我什麼時候斷氣都不奇怪。那招雖然狠毒，我今晚還是決定試試。

咕咕——
呵呵呵，再過不久，我就能夠掌握上田財閥的實權了，資產據說有十幾億呢。
我一路奉陪這寵物瘋子，都是為了錢。
孤兒院長大的窮人如我，只能用這種方式獲得幸福了。
只要和這怪物般的赤吉成婚，我就能掌控一切了。
再忍一下就好。
來，穿上這盔甲，妳今晚要和太郎過一夜。

就只有這個方法可以消除妳對蛇的厭惡了。
太郎一整晚都會在鐵與肉之間的狹窄縫隙鑽來鑽去，到了早上，妳的身體就會和太郎密不可分吧。因為蛇熱愛孔洞呀……
ガチャー
喀
嗚嗚
ズー…
ズ
茲茲…
啊啊啊
ズズズ…
茲茲茲

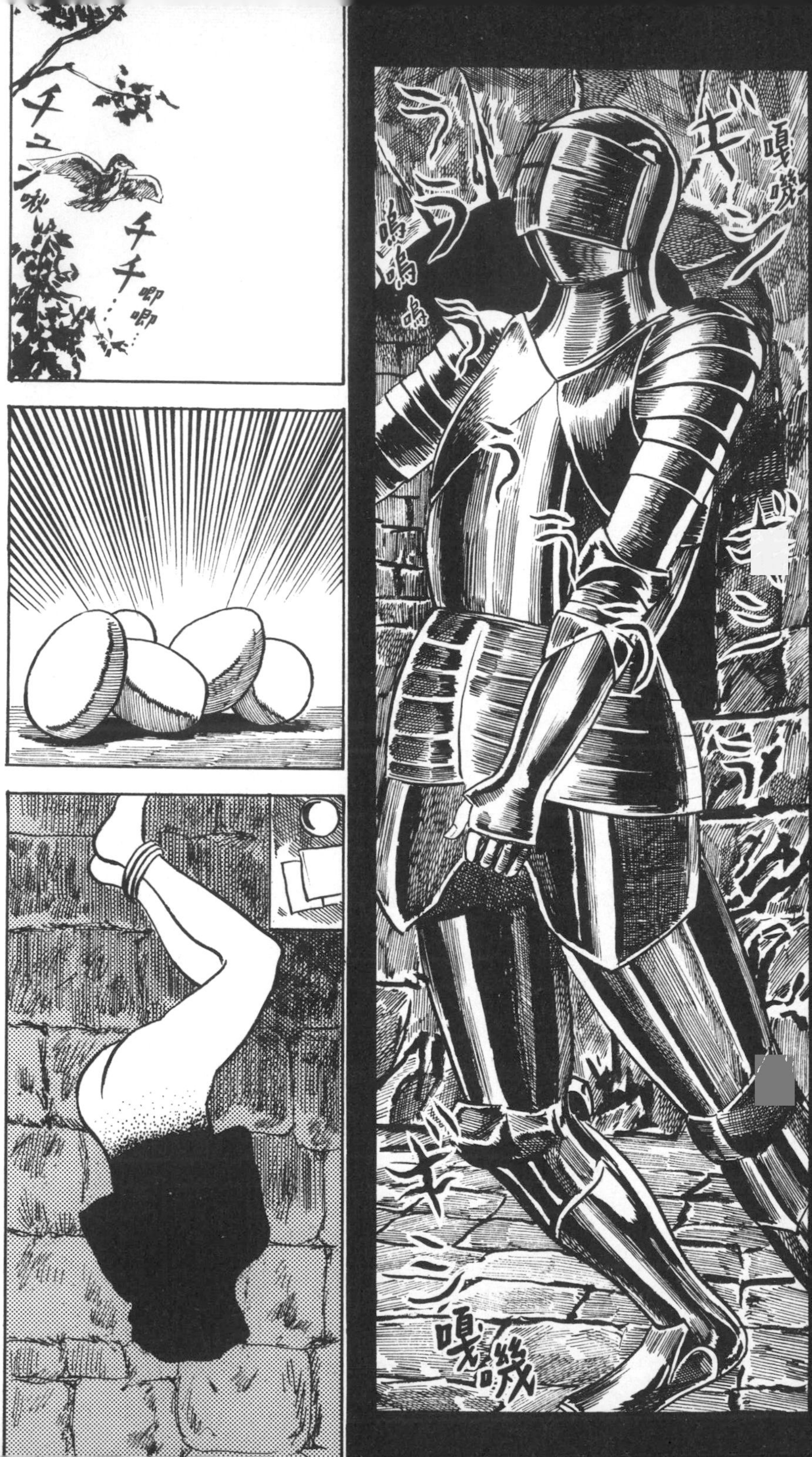
嘎吱
嗚嗚
嗚
嘎嘰
チュン
啾
チチ…
唧唧…

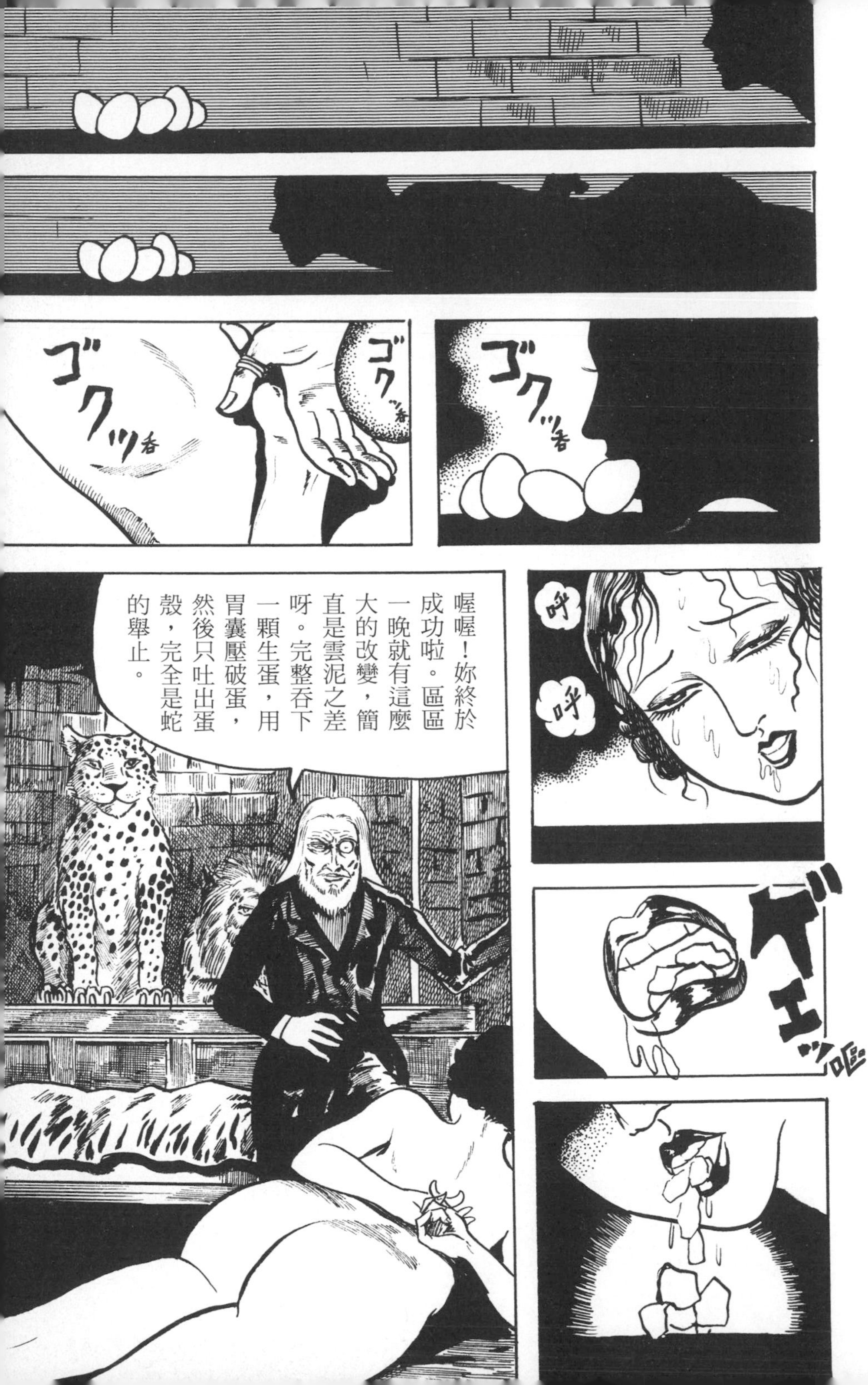
ゴクッ呑
ゴクッ呑
ゴクッ呑
呼
呼
ゲェッ嘔
喔喔！妳終於成功啦。區區一晚就有這麼大的改變，簡直是雲泥之差呀。完整吞下一顆生蛋，用胃囊壓破蛋，然後只吐出蛋殼，完全是蛇的舉止。

我長年的心願總算要實現啦。
ガチ
喀恰
ガー
嘎
去吧，赤吉，上啊，和她結為夫婦吧，上!!

啊!
你、你不是人，是猩猩!!
咿，救、救命啊，
啊……沒、沒想到你會是畜生，我沒要做這麼絕，我不想為了幸福墮入畜生道啊!!救命啊!!
赤吉，太好啦，寧死也別離開你老婆喔，呵嘿嘿。
嗯咕咕——
咿，瘋了，老爺瘋了!啊啊…
養寵物是人類專屬的特權吧。不過呢，要是投入太多感情就會產生「寵物不再是寵物」的情形，這時便會催生悲劇。

〈怨獸／完〉

開談貓
在深山的更深山處，住著一名
尼姑和一隻貓。所有草木的樹
葉都凋零了，喀沙喀沙地。
冬天，冬天，冬天要來了。
孤寂又可怕的冬天要來了。
尼姑庵的鐘不再響了。
尼姑庵在死亡般的寂靜中，
等待著冬天的到來。
冬天近在咫尺了。

村民早就忘記這間寺廟的存在，無人來訪。
開談貓
獨守這尼姑庵的年輕尼姑在夏季臥病，再也沒有離開病榻。
啊，我的死期將近了。
開談貓
小楓，
小楓你在哪？

小楓。
開談貓
ニャーン
喵ー
小楓，我就快死囉。
我死了以後，小楓要怎麼活下去呢？
開談貓
你要如何孤伶伶地在這深山的尼姑庵活下去呢？
這件事我放不下心啊。
カサッ
沙沙

小楓!!
就在那時
チラ飄
ホラ飄
貓……
喵——

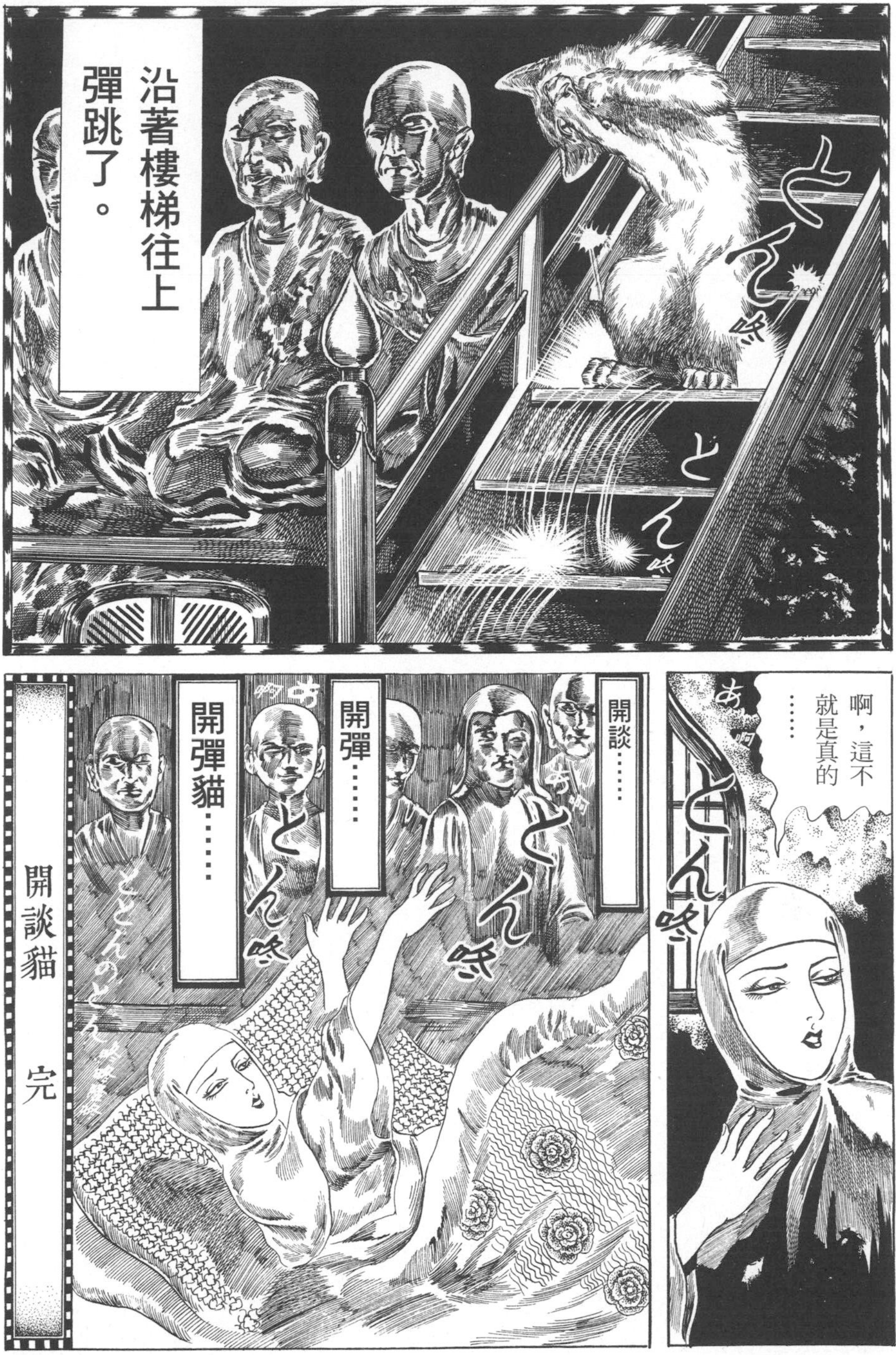

開談貓／完 1972.11.15

う〜ん

う〜ん

う〜ん

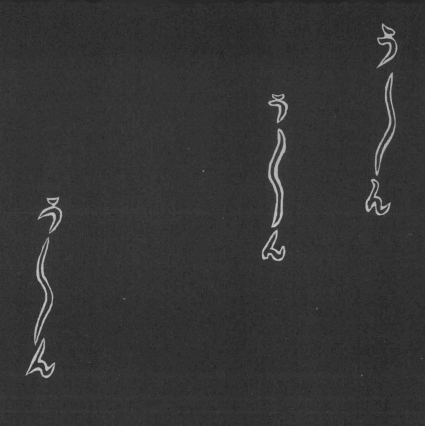

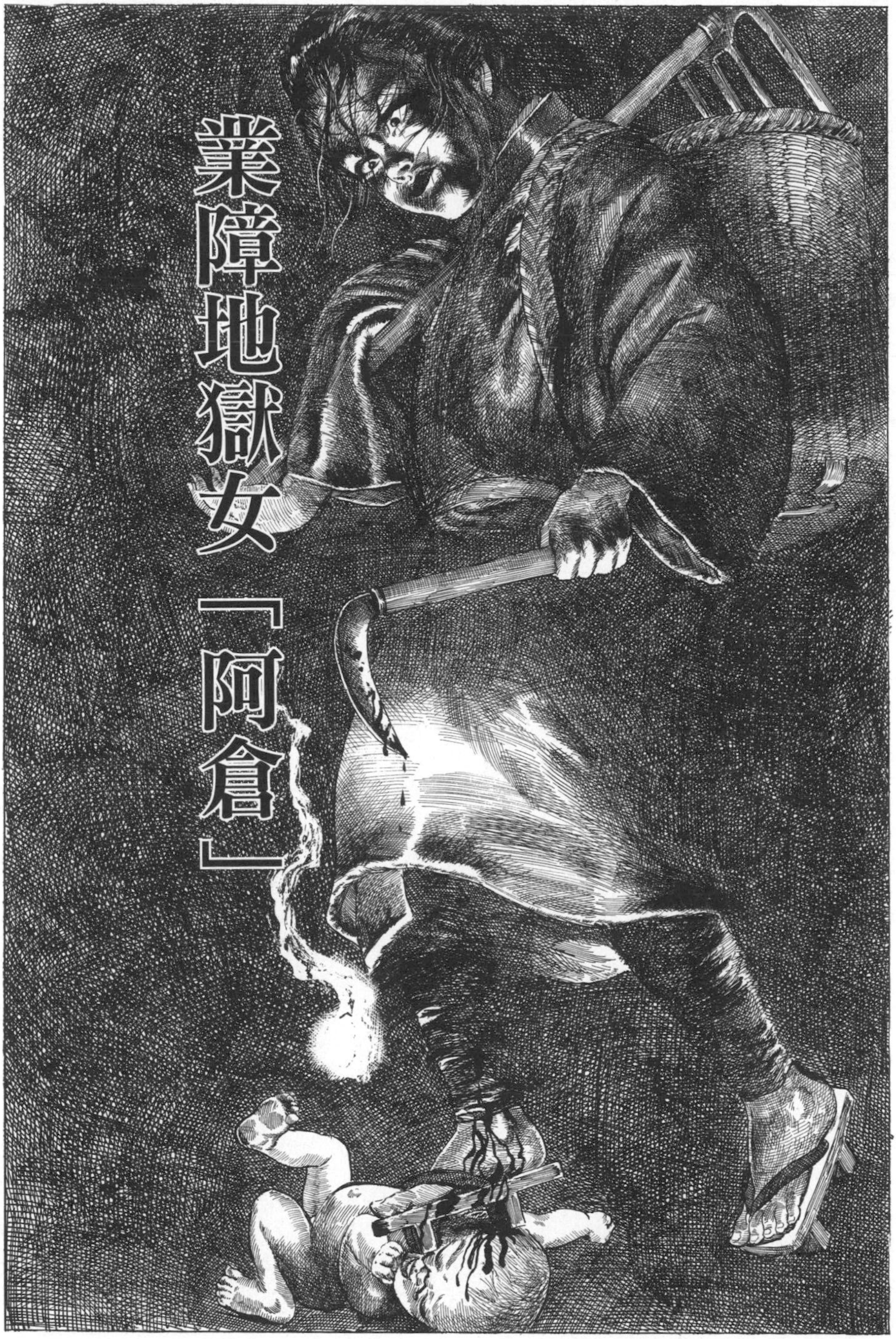
業障地獄女
「阿倉」

啊…多麼可喜可賀呀。
今年是紀元二千六百年（1940年），
相當喜氣的一年。

這麼喜氣的年份，
一輩子只過得到一次，
要不要拍個照慶祝？
大家紛紛這麼說，
於是請人來按了快門，喀嚓。

……啊啊，我這女人的業障多麼重啊。
我的體內流著黑漆漆的血，眉間深深的皺紋和手交握的方式都透露了端倪。
業障女！地獄女！鬼婆婆！村民背地裡都這樣叫我。
我那漆黑之血犯下諸多令人反胃作嘔的惡業，我決定忍受恥辱，把它們全攤在陽光下。
大正元年十月五日，我嫁入了這戶人家。當時23歲。

外子捨吉26歲。
真是個好老婆。
當時還活著的公公榮太郎也說…
還挺好的呢。
接下來只要早日生下繼承人、讓父母安心就行了……
呵呵呵，等著瞧，我一定會生下帶把的。
我每天都一心一意在田裡工作，汗流浹背。這就是農家媳婦的宿命吧。
嫁進來兩年後……肚子總算大了起來。
身為修行者的公公也很開心，拜了拜我的肚子。
男的…男的。
繼承家業…

婆婆阿竹也…
如果是男孩就萬萬歲啦，希望順利呀。
啊……我總算也要成為父親啦……
咕！
咕嘻！咕嘻！咕嘻！
開…開心到喉嚨咯咯叫，連茶都喝不了。
我終於要當爸爸了呀。
捨吉，你很開心吧，接下來要認真下田喔。
埴輪家的人都開心極了。如果產下男兒，他們會更喜悅吧。
咕嘻！咕嘻！

好呀，我一定要生男的，讓你們知道我的厲害。
我從小就業障深重，一再把家附近的小孩打得半死，次數都數不清了。
嗚咿嗚咿
うるせえ
ばかやろう

不許可

業障地獄女「阿倉」老家（偷拍照）

「阿倉」的老家，如今仍悄悄棲息在埼玉縣兒玉郡深山僻遠處的里美村。看起來業障就很重的房子。

四歲時，被阿倉拿鐮刀切下左手小指的小原美智小姐（假名）

看來會下場雨呢。得趕快採桑葉才行。
轟隆隆
閃

業障深重，代表性格偏激，代表神經遲鈍。
預定臨盆之月身子難受，我卻硬要工作。
ピカ
閃
ゴロゴロゴロ
轟隆隆
唔
是…是蝮蛇。
喀
ボトッ
咚
不知是不是因為斬斷蝮蛇，我突然陣痛了起來，在午後暴雨的桑樹園內產下了嬰孩。
咕嘎～
大正二年六月十四日。我生下了長女。
哇
哇

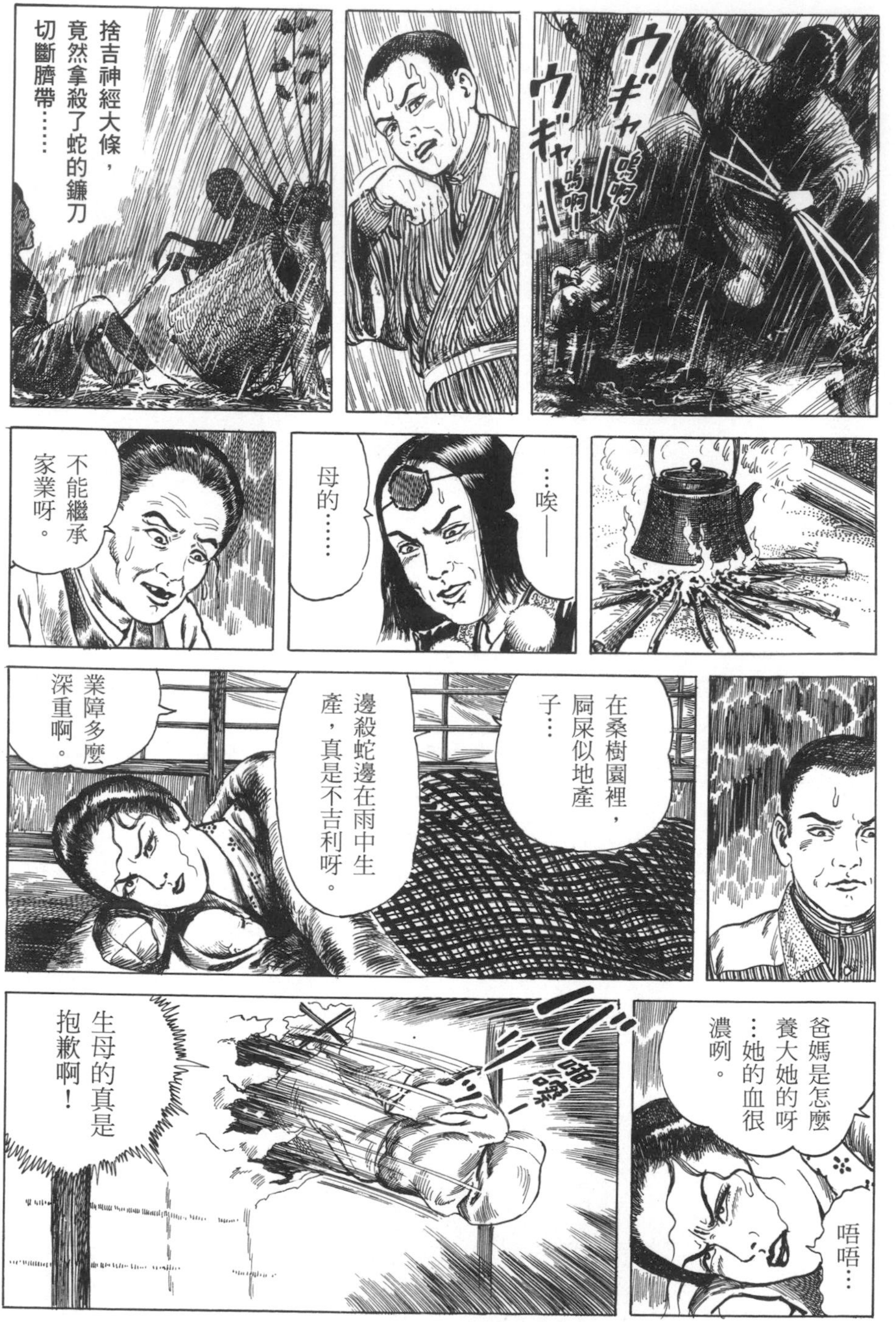
ウギャー
ウギャー
嗚啊—
嗚啊—
捨吉神經大條，竟然拿殺了蛇的鐮刀切斷臍帶……
…唉—
母的……
不能繼承家業呀。
在桑樹園裡，屙屎似地產子…
邊殺蛇邊在雨中生產，真是不吉利呀。
業障多麼深重啊。
爸媽是怎麼養大她的呀…她的血很濃咧。
唔唔……
啪嚓—
生母的真是抱歉啊！

砰
喀啦
你們家的血才濃吧！
這家人壓榨大肚子的媳婦，難道一點都不懂得體貼嗎！
世界上有誰可以按自己的意思生男生女呀？
把帳全記在我頭上！
鏗
早點死一死吧妳這臭老太婆！
嗚啊啊！
說話像放屁那樣愛放就放，踐什麼踐！
喀喀
住、住手啊。

吵死了，你這冒牌修行者！
ガッ
喀
嗚呃呃呃！
太離譜了……這媳婦太離譜了。
哇—哇—
ザー
沙ー

ガラッ
喀啦
哇—哇—
ゴロゴロゴロ…
轟隆隆…
天殺的！我為什麼會嫁到這業障之家啊！
ザーッ
沙—
ザーッ
沙—

ザー
沙ー
ザ
沙ー
天殺的！
ザ
沙ー
ザ
沙ー
氏神大人，氏神大人，
請務必賜與我們男丁，以繼承家業。
也請您把那臭狗般的蠢媳婦變成和氣、乖順的人。
桑樹園產下的孩子，命名為——桑子。人如其名，每天身上爬滿蠶，喝奶也無法喝到滿足，哭鬧不休。家人都疏遠她，說她是宰蛇時生下的孩子，觸霉頭。

桑子出生的桑樹園，×記號所示。

ガ
嚓
ッ

哇啊——
哇啊——
哇啊——
嘖！
吵死了。
再怎麼耍脾氣
也沒用啦，
妳在這個家
就是不受祝
福的孩子。
哇啊——
哇啊——
嗯嘛嗯嘛。
ガ
ッ
喀
這時，
阿倉的肚子又大
了起來。她認為
這次會生公的。
沒帶種的桑子，
被她拋到腦後了。
笨——
蛋。
ワギャー
哇啊～

うぎゃ〜
哇啊〜
うぎゃ〜
哇啊〜
桑子可憐極了。
嗚嘻嗚 嘻嗚嘻 嗚嘻咿 嘻嘻嘻
我經常去拜氏神大人，這次一定會是公的。
太好了，你爸說這次會是公的，很開心吧。
嗚嘻…嗚嘻…我好開心，喉嚨好緊，連茶都吞不下去。
總算後繼有人了。
隔壁家的媳婦晚阿倉半年嫁過來，卻已生下白白胖胖的男丁，延續了香火。

……
這麼說來，不久前連我們家的貓都在鐵軌旁生下崽子，和樂融融似的。
チョン
氣哈
ク
ヒゥ
咻
嘖　真是的！
コンチカッ
空隆空隆空隆
ボー
嘟

哎唷，哎唷，乖喔。
嗯嘛嗯嘛。
哎，這麼一來，咱家就可以安心啦。嘿嘿嘿嘿。
喔，乖，乖。

大正元年，業障女「阿倉」嫁到了這個村子。（照片攝於昭和年代。）
只要生下繼承人，我就高枕無憂啦。
ハハハハ…哈哈
ハ哈
ヒュウ
咻
ビュ
咻—
ガ
喀…
ガ
喀…

據說要挑颳大風的日子。挺著肚子從柿子樹上往下跳，就一定會生男孩。
阿倉信了，於是穿著木屐直接往下跳。
ヘエエーー
嘿！！
ビッターン
啪答
不用拚成那樣也沒關係呀……
呼呼呼
ハアッ
ハアッ
ハアッ
唔呃呃……
呃呃…
ガバ
喀喀

據說是「阿倉」跳的那棵柿子樹。（×記號所示）

んまんまあ〜
嗯嘛~
咕嘻咕嘻，真害羞啊，第一次見到我兒子時該怎麼辦呀。
嗯嘛加啊
嗯~嘛加加
平常心就好呀，捨吉。
沒什麼好害羞的。
每個人都會走這麼一遭。
咕嘻…咕嘻…這樣啊。
幾年後，長女桑子死了。
原因似乎是極度不受疼愛。
幾乎沒被雙親抱過的桑子，大概是向灶灰尋求溫暖去了吧。
埋到墓地角落就行了吧。
葬禮也不用辦了。
ガサガサ
唰沙唰沙
光是找親戚來就夠麻煩了。
ザクザク
察察

這麼說來，我沒見桑子最後一面呢。
ガラリッ
喀啦
被人擅自埋起來，桑子會無法往生的。
パ
啪
パ
啪
啥啊？……
……拜法錯了。

我睽違多時地回老家一趟，結果父親說……
生下母的就嘰嘰鬼叫，真令人不爽，苦了妳呀。
早知道當初就別把妳嫁到那種山腳下的人家。
那戶人家是不是都有毛病啊。
轟轟烈烈大搞一場吧！
咕嘻咕嘻，爸，然後啊…
嗯，這樣啊，哈哈哈。
妳找死嗎！
住手！捨吉，我不接受家裡有人被押進衙門……

就當作沒發生過這件事吧。
這傢伙的肚子裡有我們家的後代，忍耐吧，為了我們家咬緊牙根。
那我就聽您的。
嗯，這樣才好。
不過，爸啊，想到我跟兒子初見面的那一刻，我就害羞啊。
會很羞呢。
我在幫槍上油時「轟」一聲走火了……
真是飛來橫禍呀。
咦？
他們放過我了。可能是因為我太開心、鬆了一口氣，繼子突然「啵」一聲跑了出來。
啵

結果不是公的。是母的，
而且已經死了。
唔～呃～
該死，又在田裡生出來了。
帶這種玩意兒回去又會被嫌棄的。
我不要了，什麼玩意兒。
啊！妳的肚子突然扁掉了。
ララ♪
啦啦啦～
喂，我兒子呢？
誰知道啊…
爸，阿倉那傢伙不知道把我兒子弄到哪去了。
噴噴
當然的吧。

這全都是虛構故事，與作者的奶奶毫無關係。故事中使用的照片也是從前下雨天在路邊撿到的，而不是佛壇的抽屜裡找到的。這種罪孽深重的老太婆的子孫太可恥了，早就死光了，沒戲唱呀。體內的血全流光咧。這種業障重的血脈要是流傳下去就太可怕了。

業障地獄女「阿倉」／完 1989.9.2

ゴキッ
ボコッ
グスッ
ガチッ

瘖蟲
我小的時候，
他們都叫我瘖蟲

啊!!
又是你搞的吧。
你真是，你真是…
好一隻疳蟲啊！
孩子的媽，孩子的媽——

你再把他帶過去。

嘶嘶啵波
ボッ
ボッ
スッ
スッ
ガッチョッ
ガッチョッ
喀鏘喀鏘

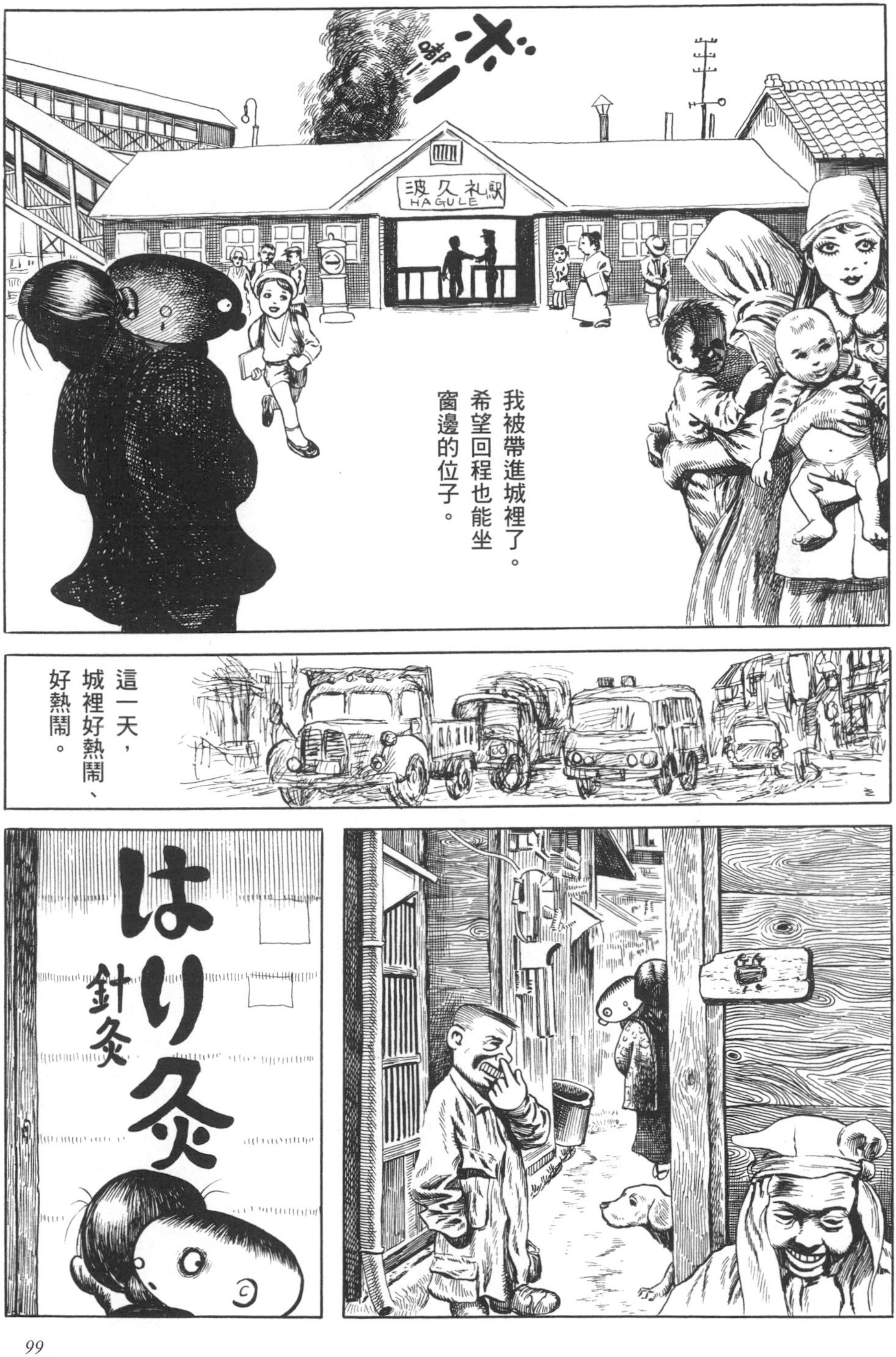
ボー
嘟!!
波久礼駅
HAGULE
我被帶進城裡了。希望回程也能坐窗邊的位子。
這一天，城裡好熱鬧、好熱鬧。
はり灸
針灸

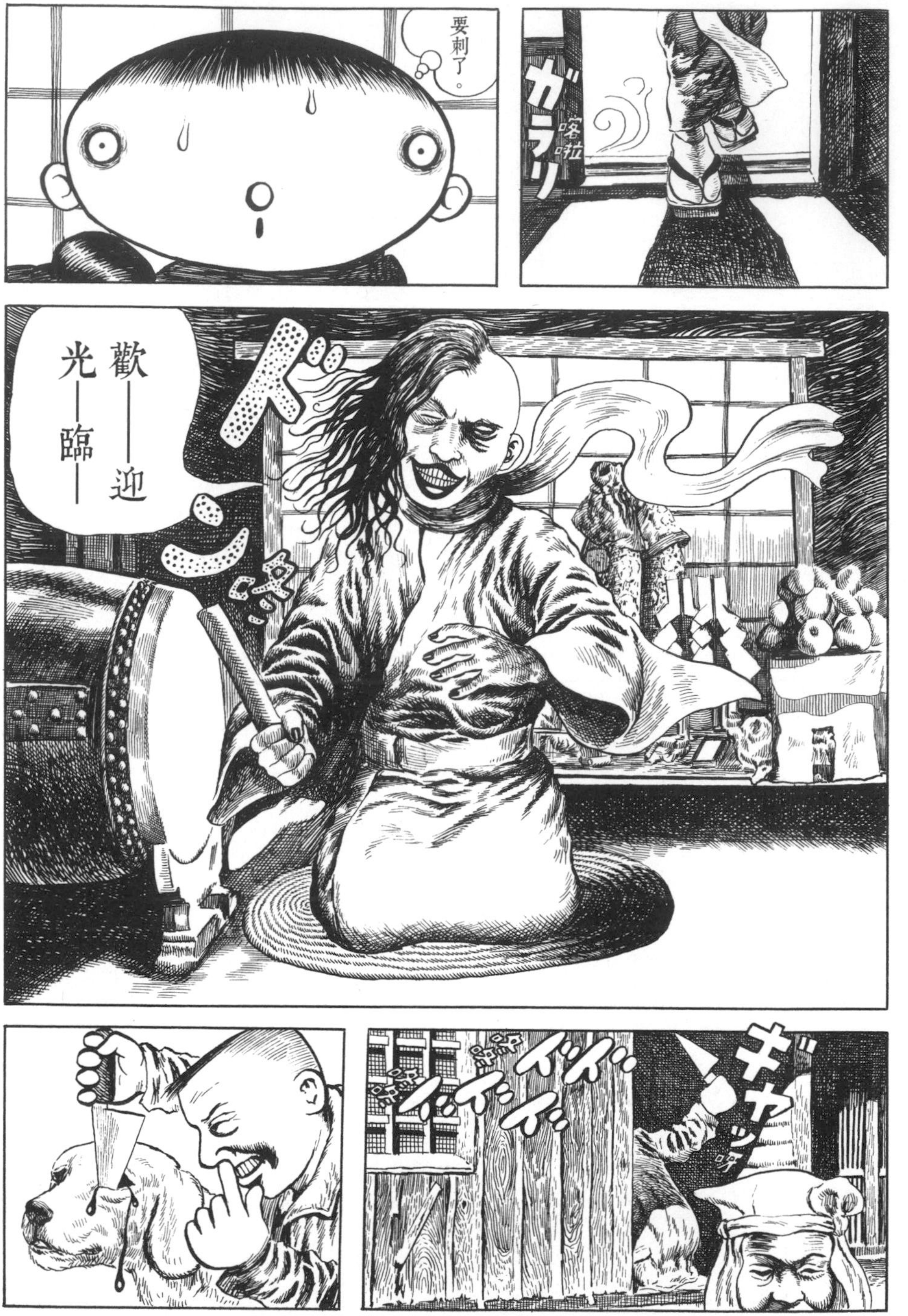
要刺了。
ガラリ
喀啦
歡——迎光——臨——
ドン
咚
イッイッ
イッイッイッ
咿咿
ギャッ
呀

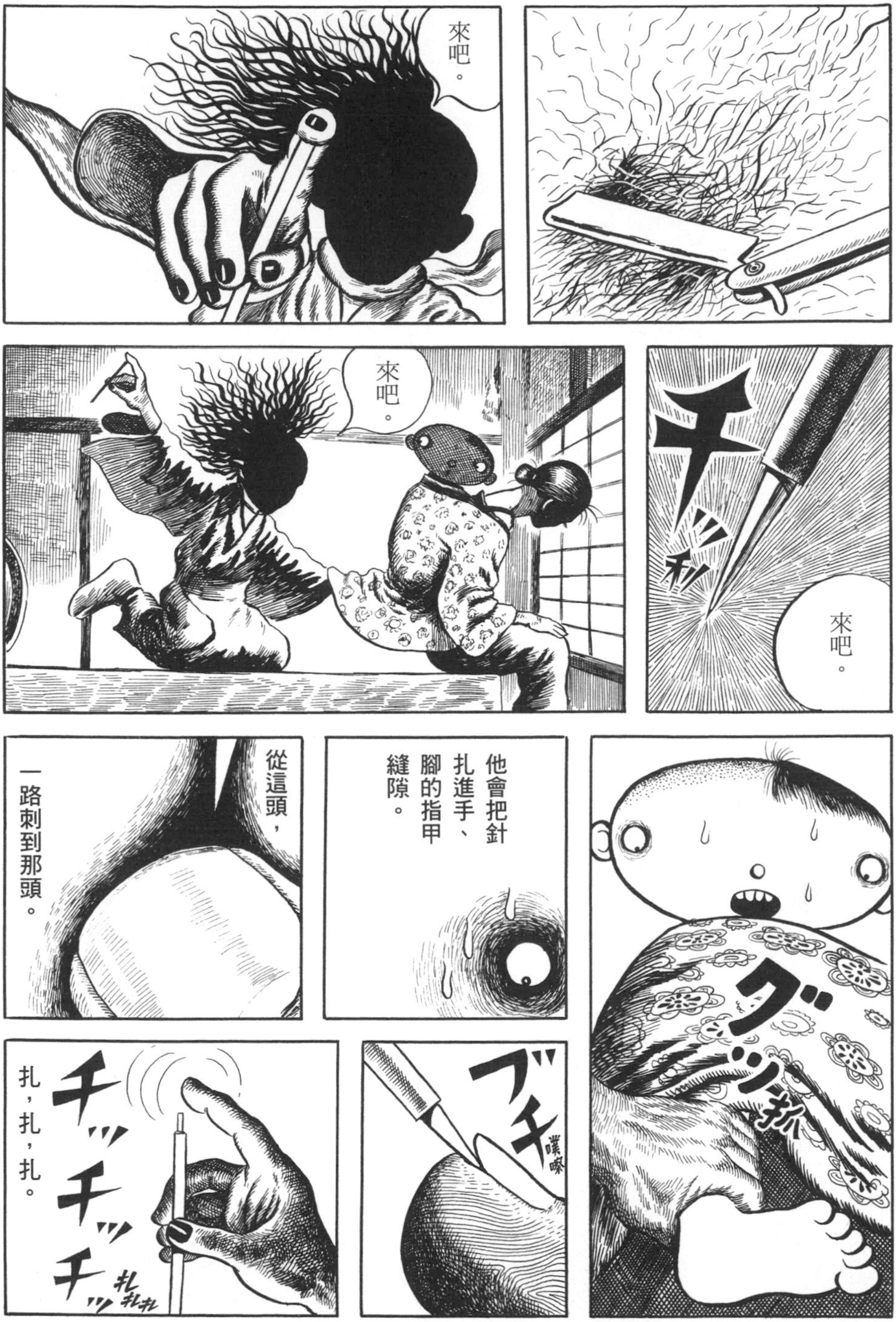
來吧。
來吧。
チッ
チッ
來吧。
グン
抓
他會把針扎進手、腳的指甲縫隙。
從這頭，一路刺到那頭。
ブチ
噗嚓
チッ
チッ
チッ
扎扎扎
扎，扎，扎。

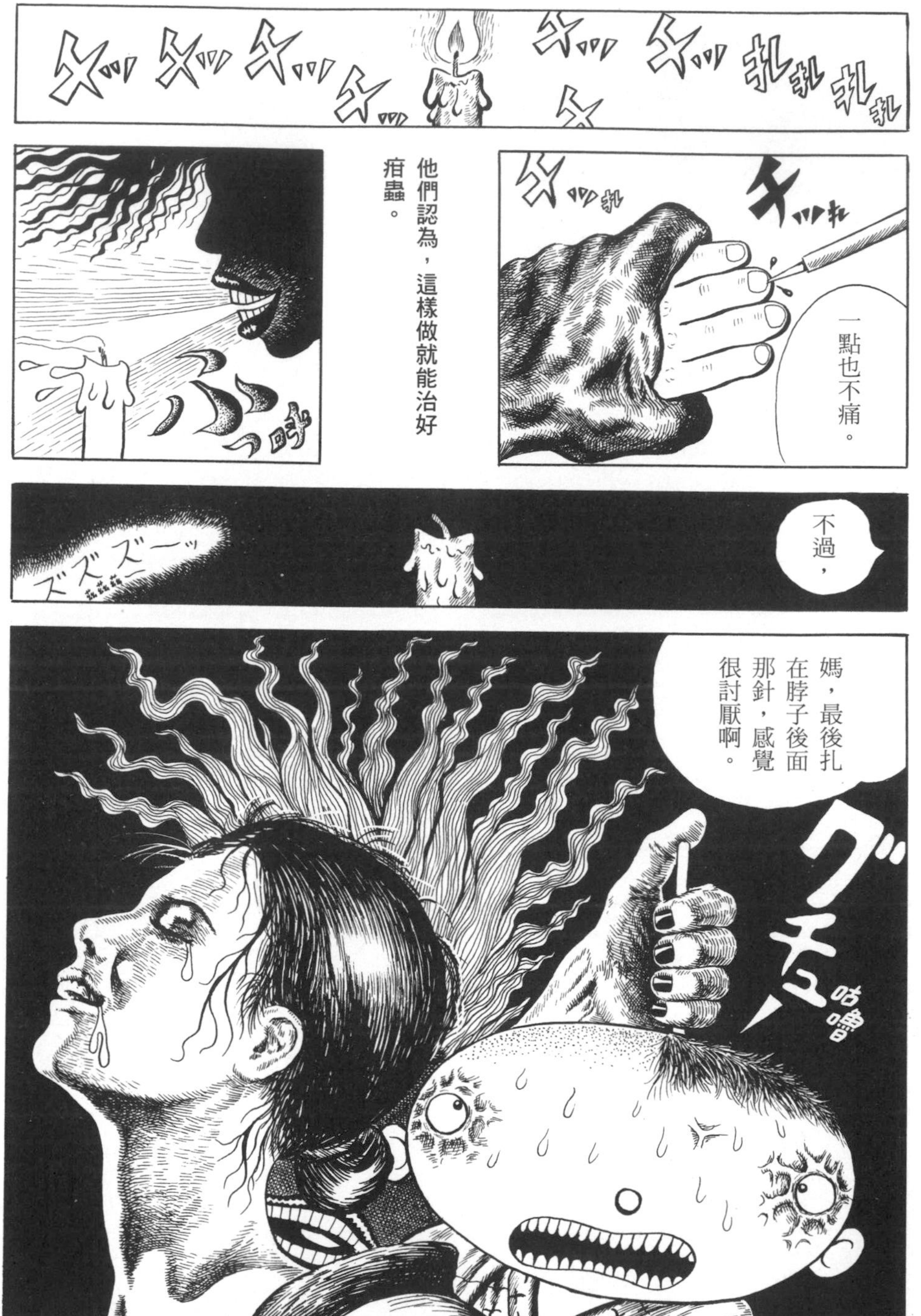
扎扎扎扎
一點也不痛。
他們認為，這樣做就能治好疳蟲。
呼
不過，
媽，最後扎在脖子後面那針，感覺很討厭啊。
グチュ
咕嚕

滴答
滴答
チッ
チッ
チッ
滴答
滴答
チッ
チッ
嘖
チッ
答
ガラッ
喀啦

ザスー！
嚓沙
啦啦啦啦啦啦啦
我的疳蟲花了好一段時間才治好。

繭
雨一天又一天下個沒完，連我心底都瀰漫濕氣了。
啊啊啊。
一年中我最害怕的季節終於來臨了嗎……
在這季節，會有數萬、數億隻白色蟲子爬滿村莊……

只要那可憎的白色蟲子映入眼簾，我的身體就會漸漸……
產生異常的變化。
是下個不停的雨水害的嗎？
草木發出妖異的光芒……
所有葉片滴下的水都包含著青草味的汁液。
我感受到一股強烈的衝動。
沙
我變身了，成了不得不避人耳目、偷吃桑葉的人。
咕嚕
沙
還有，每到深夜……
就會發生古怪的現象。它至今仍讓我懷疑自己的雙眼，為之戰慄。
噹噹—
嚇
我的嘴巴不斷吐出白絲，一條接著一條……

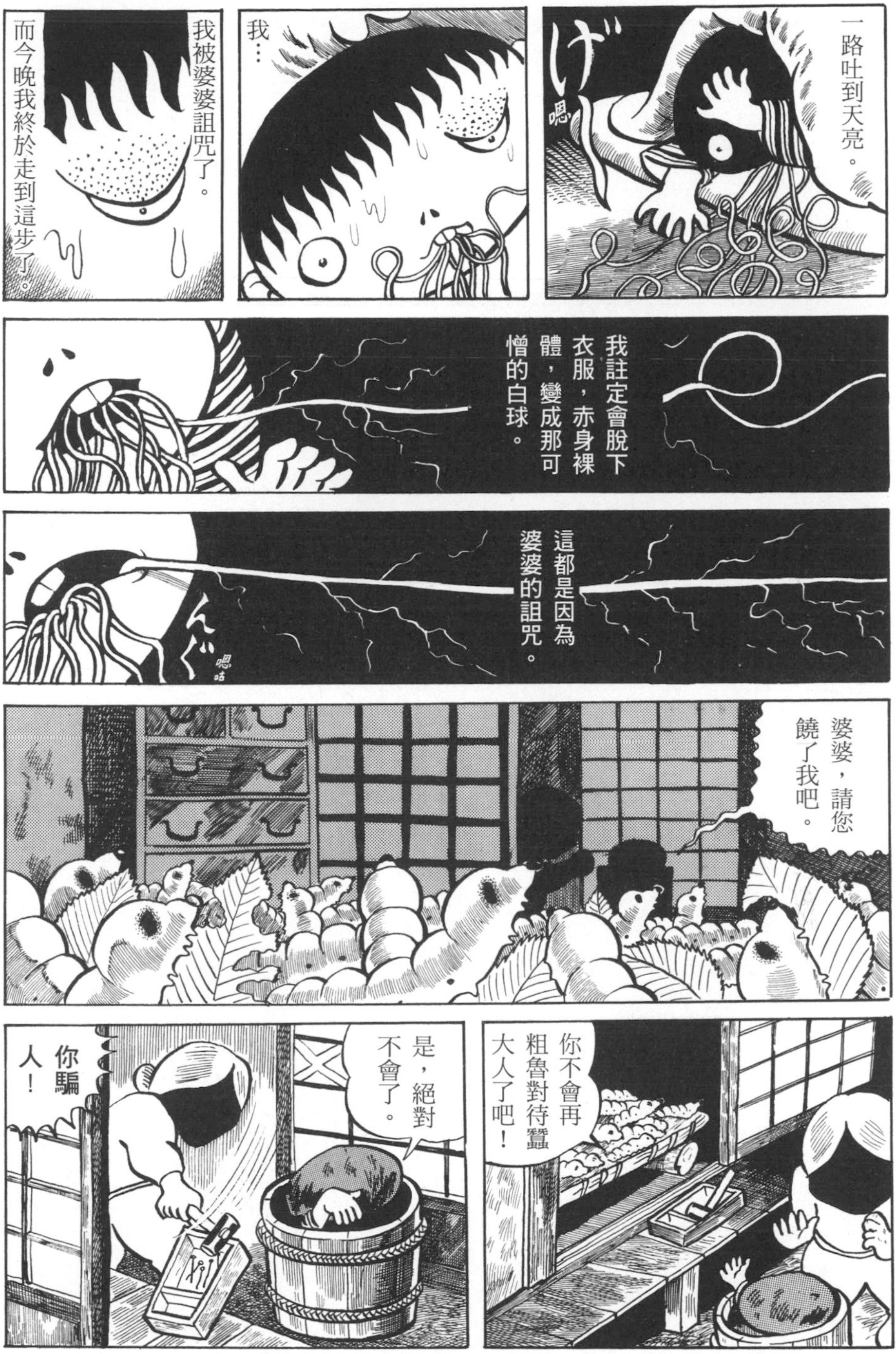
一路吐到天亮。
げ
嗯
我……
我被婆婆詛咒了。
而今晚我終於走到這步了。
我註定會脫下衣服，赤身裸體，變成那可憎的白球。
這都是因為婆婆的詛咒。
んぐ
嗯咕
婆婆，請您饒了我吧。
你不會再粗魯對待蠶大人了吧！
是，絕對不會了。
你騙人！

你是乞丐的小孩，我不能大意。
你是偶然經過這村子的流浪女乞丐在陰溝裡生下，然後拋棄的小孩。
我把你撿回來，一路……
辛辛苦苦扶養長大！
ギャ
呀
ガッ
嘮喀
カッ
三年前的我，過著不如家畜的生活，自由和希望全都被踩個粉碎。
嗚嗚
村人看不起我，從早到晚使喚我做苦差事，一刻也不能休息。我好幾次想要一死了之，會活到今天…
是因為村子裡仍有我的同伴，唯一一個同伴。

泥吉，採完桑葉趕快拿去餵蠶大人。
蠶大人肚子餓了呀。
不管何時看，蠶大人都好可愛呀。
是呀，婆婆。
住嘴！你這怪物，不許平起平坐地跟我說話。
唉，今天睡太久，好累呀。泥吉，幫我捶肩膀。
婆婆，我也正想幫妳捶呢。
泥吉呀，之前真是抱歉，你的傷還好嗎…？
婆婆，我的傷就快好了，妳看。
哎呀呀，讓我看看。
嗯……

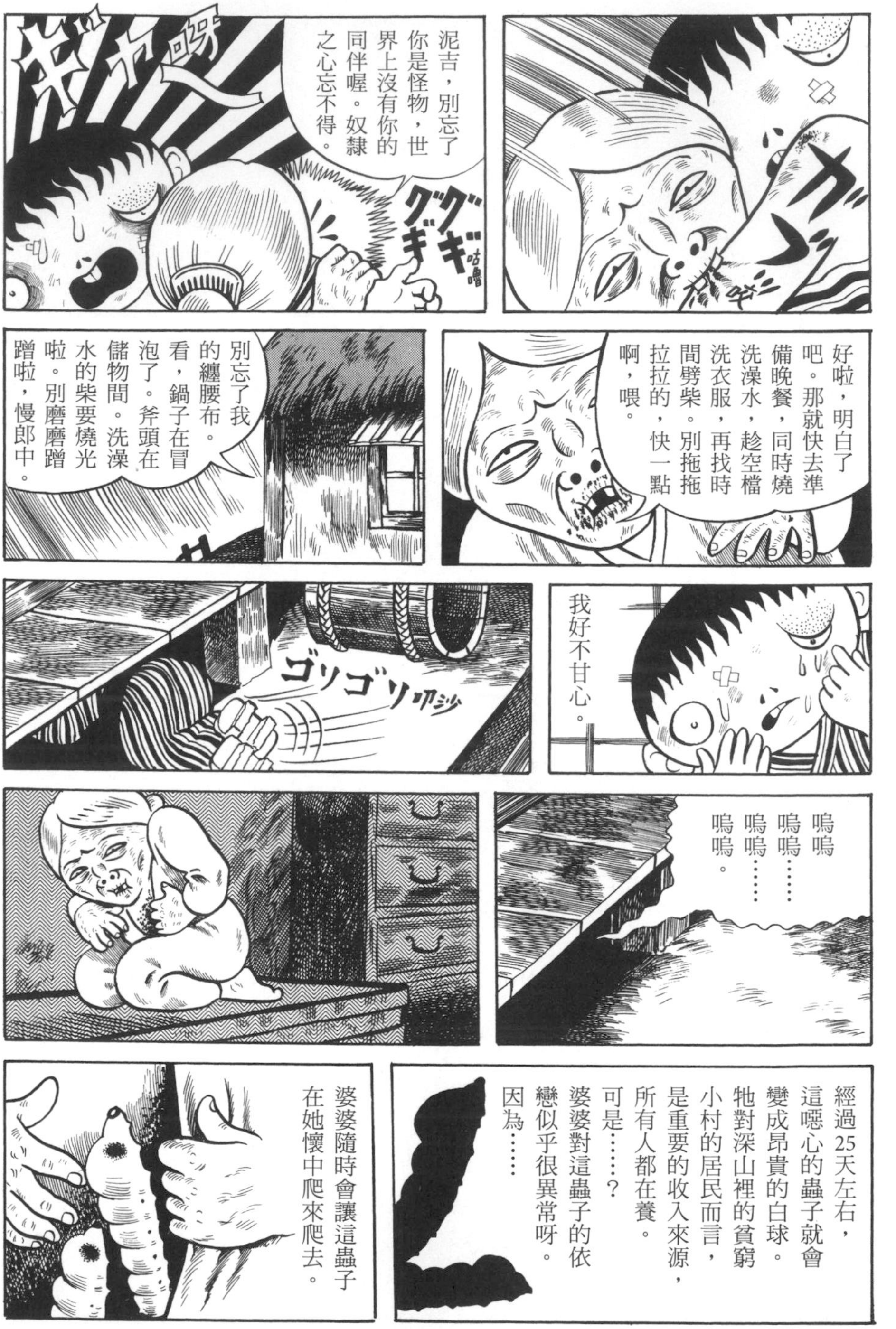
カン
泥吉，別忘了你是怪物，世界上沒有你的同伴喔。奴隸之心忘不得。
ギャ
呀
ググギギ
咕嚕
好啦，明白了吧。那就快去準備晚餐，同時燒洗澡水，趁空檔洗衣服，再找時間劈柴。別拖拖拉拉的，快一點啊，喂。
別忘了我的纏腰布。看，鍋子在冒泡了。斧頭在儲物間。洗澡水的柴要燒光啦。別磨磨蹭蹭啦，慢郎中。
我好不甘心。
ゴリゴリ
叩沙
嗚嗚
嗚嗚……
嗚嗚……
嗚嗚。
經過25天左右，這噁心的蟲子就會變成昂貴的白球。牠對深山裡的貧窮小村的居民而言，是重要的收入來源，所有人都在養。可是……？婆婆對這蟲子的依戀似乎很異常呀。因為……
婆婆隨時會讓這蟲子在她懷中爬來爬去。

像慈母在疼愛自己的小孩。
很久以前，婆婆生下的三名孩子都討厭這種蟲子，拋下婆婆去了遠方。牠大概會令她想起幸福的過去吧。
她偶爾會吐出顛三倒四的話語，眼眶盈滿淚水，將無異於毛毛蟲的蟲子放進口中，啊嗚啊嗚地愛撫牠們。
這蟲肯定是婆婆心靈的一部份。
我會背著她偷殺蟲。
但要是被逮到，
就會面臨我最討厭、害怕的處罰方式。
千、千萬不要啊—
ひいいいい
咿～
怪物，看仔細了！
ピカ
亮

あああ
啊啊啊
臭怪物，臭怪物。
可恨的婆婆，總有一天，我一定要報仇。
ガッ
喀
我只有一個同伴……
那就是被村人遺忘的，長滿苔蘚的石像。
大魔王啊，我今天要獻祭二十隻。
拜託您殺死那個婆婆。
拜託您實現我的心願。
臭婆婆
死ねえばばあ
去死吧臭婆婆
ガッガッ
ガッ
喳喳
死ねえ
去死
ガッガッガッガ
喳喳
幾天後
嗚嗚嗚……

嗚嗚
うう
うう
うう
嗚嗚
うう
不知是我的詛咒奏效，還是因為年歲增長，婆婆病倒了。
嘻嘻嘻
ケケケ
泥吉，蠶大人就快變成白色的繭了，你要好好工作。嗚嗚……
去，去採桑吧。
我不要。
唔
婆婆，我報仇的時間到了。現在正是時候……
那天晚上，我把婆婆塞到了茶葉箱內。
ぐわ
呃啊
呃啊啊！泥吉，放我出去，咿！咿！
だめっ
不行
婆婆，我現在要宣洩我長年的怨恨！
カタ
ガタ
卡答
茶
爛泥吉，我要詛咒你喔！我要把你變成蟲喔！
我要詛咒你。唔…好難受。
ガリ
喀哩
バリッ
喀哩
ガリ
喀哩

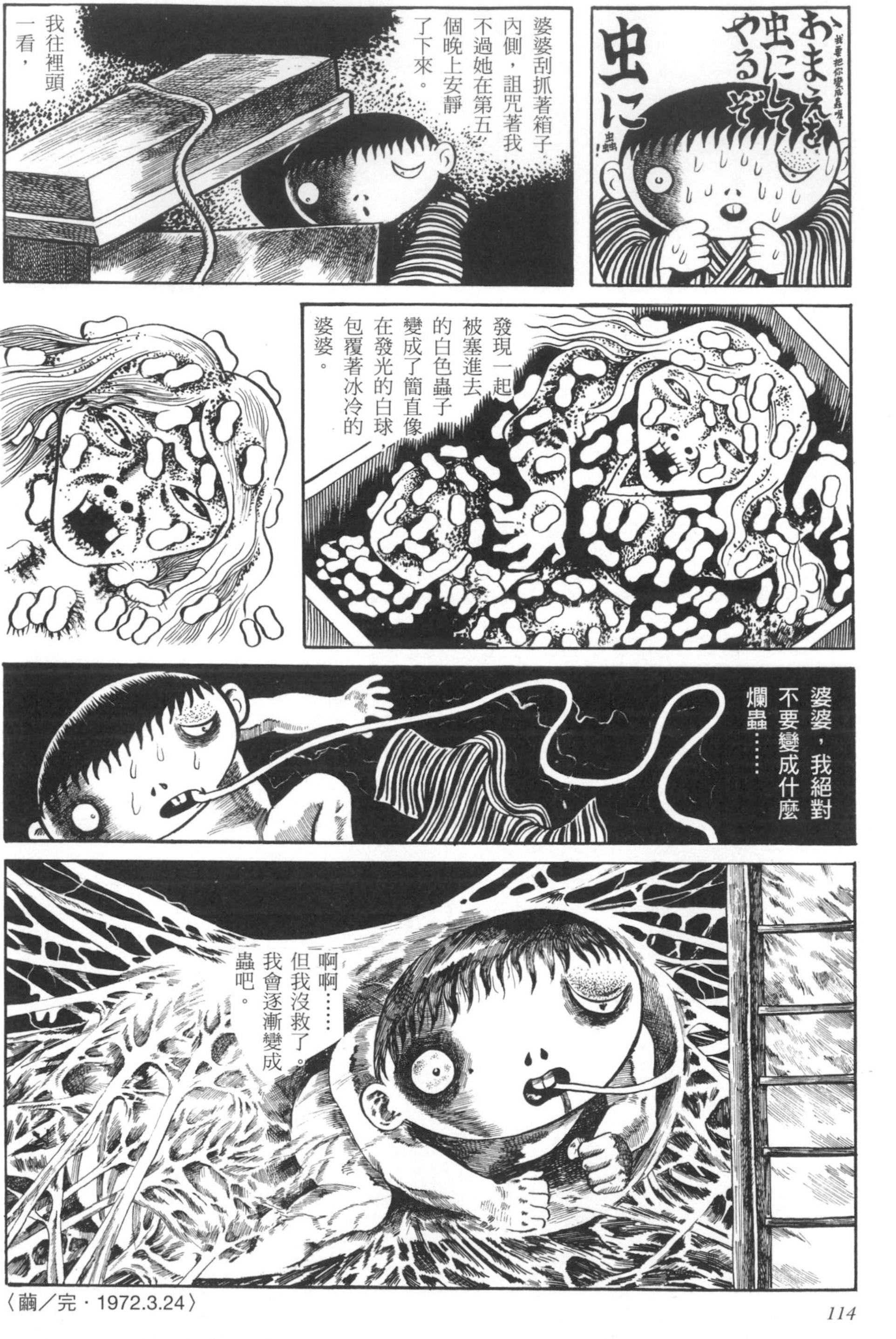
おまえを虫にしてやるぞ
我要把你變成蟲喔！
虫に
蟲！
婆婆刮抓著箱子內側，詛咒著我不過她在第五個晚上安靜了下來。
我往裡頭一看，
發現一起被塞進去的白色蟲子變成了簡直像在發光的白球，包覆著冰冷的婆婆。
婆婆，我絕對不要變成什麼爛蟲……
啊啊……但我沒救了。我會逐漸變成蟲吧。

〈繭／完・1972.3.24〉

因為不想變成貓

挑安靜的地方才好喔。
沉靜內心……
カッコー
咕咕—
カッコー
咕咕—
將心挪向頭上閃閃發光的蓮花……
蓮花發出更勝朝日的燦爛光芒……
我的身體也跟著發光，接著，鳥啼聲、山嶺、這座寺廟、一切的一切……
カッコー
咕咕

看吧……
逐漸消失……
……都逐漸融化……
我此刻和天合而為一了。

我在天之內…
天在我之內。
我今天一定可以見到母親大人。
我是第一次來到這麼深的地方呀……
她在！
母親！
母親！
啊！

母親——！！
匡啷！！
鏗
嚇
呼
呼
呼
真、真是對不起！
呼、呼…別突然把我拉回來呀，剛剛差一點就要見到母親大人了。

突然被拉回來是很危險的呀。
真…真是萬分抱歉。
我一定要見她一面啊，見我先一步辭世的母親大人。
對不起。
不要緊啦，過去都過去了。
嚇
蓮…蓮花……
蓮花還在嗎？
我、我看不見！
在喔。
在喔，還在這，好好的。

母親大人逝世後，我每天都很悲傷，以淚洗面。
啊，去年還和母親大人一起賞蓮呢。今年也開得這麼美，現在卻只有我一個人欣賞。想到這裡我又更加傷悲了。
某天晚上，有個全身散發光芒的高人出現在我夢中……
賜給我蓮花種子。吞下它後，
我的頭上綻開一朵發光的蓮花……
於是我心想，我是受庇祐之人，我可以堅強地活在正道上。
妳看，那一整片。
妳也看得見吧。
是。
四面八方不斷來去飛舞的小小光點。
那一定是靈氣吧。

嗚——
啊！您怎麼了！
沒、沒事的。

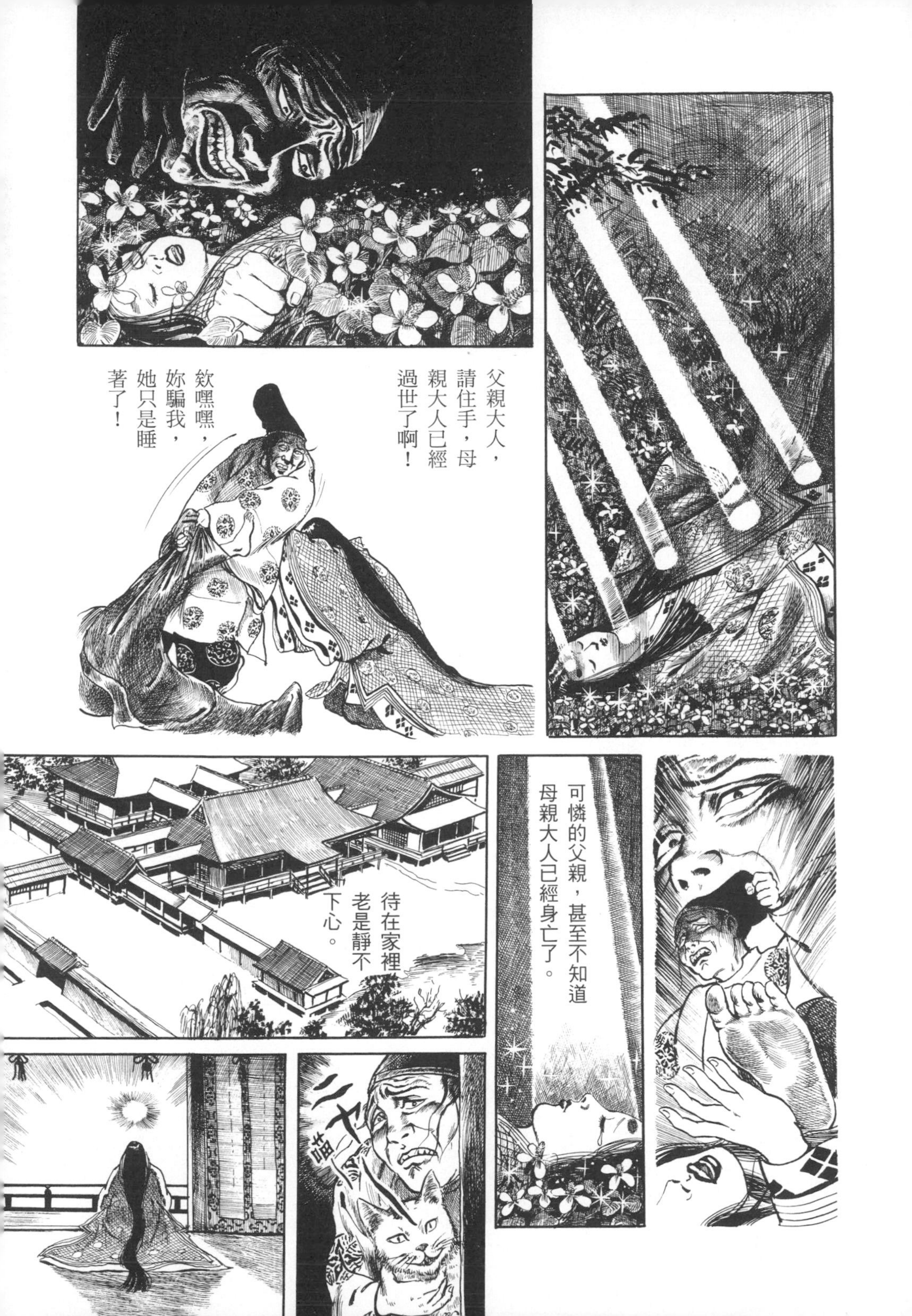
父親大人，請住手，母親大人已經過世了啊！
欸嘿嘿，妳騙我，她只是睡著了！
可憐的父親，甚至不知道母親大人已經身亡了。
待在家裡老是靜不下心。
ニヤ

嘻嘿嘿嘿
ゴロゴロ
ニャー
喵
要是發生這樣的事就糟糕了。
……所以……
カッコ
咕嚕
挑安靜的地方才好喔。

〈因為不想變成貓／完　1983.7.11〉

上東門
東大宮大路
御溝水
陽明門
大內裏
壺中嬰孩
第壹話
大宮川（耳敏川）
待賢門
大內裏裡頭流的御溝水，是從陽明門上方導流進去的大宮川之水。

東寺寅時一刻（凌晨四點左右）的鐘聲自遠方傳來時，我便會醒來。
呵呵呵，好個天真無邪的表情……
我已經和她共枕五十年了嗎…
時間過得真快呀。貧窮生活持續不斷，一直無法讓她安逸度日，就這麼走到了今天……
要是能有小孩就好了……不不不，別這麼想，別這麼想，我們和小孩無緣呀。
我帶著火種，踏入依舊昏暗的戶外，來到二条大陸的大宮川（芥川）。
ドドドドー
嘩啦嘩啦
我的工作是在左近衛府的官員們登堂前，點燃火缽之火。

ミャ〜
ミャ〜
哇哇
我起先還懷疑是小貓在叫。
啊!!
這…這是!
我聽說偶爾會有「壺中嬰孩」漂流芥川上，這真的是非常稀少的情況……
沒想到我會碰到……
雖然梅花已綻開，河水仍非常冰冷。
他多麼可憐啊。回過神來，我已將壺中嬰孩緊抱懷裡。
讓我撿回來會不會是糟蹋這孩子呀？我感覺背脊發涼，漆黑的郁芳門彷彿就要壓到我頭上了。
ドドド
嘩啦嘩啦

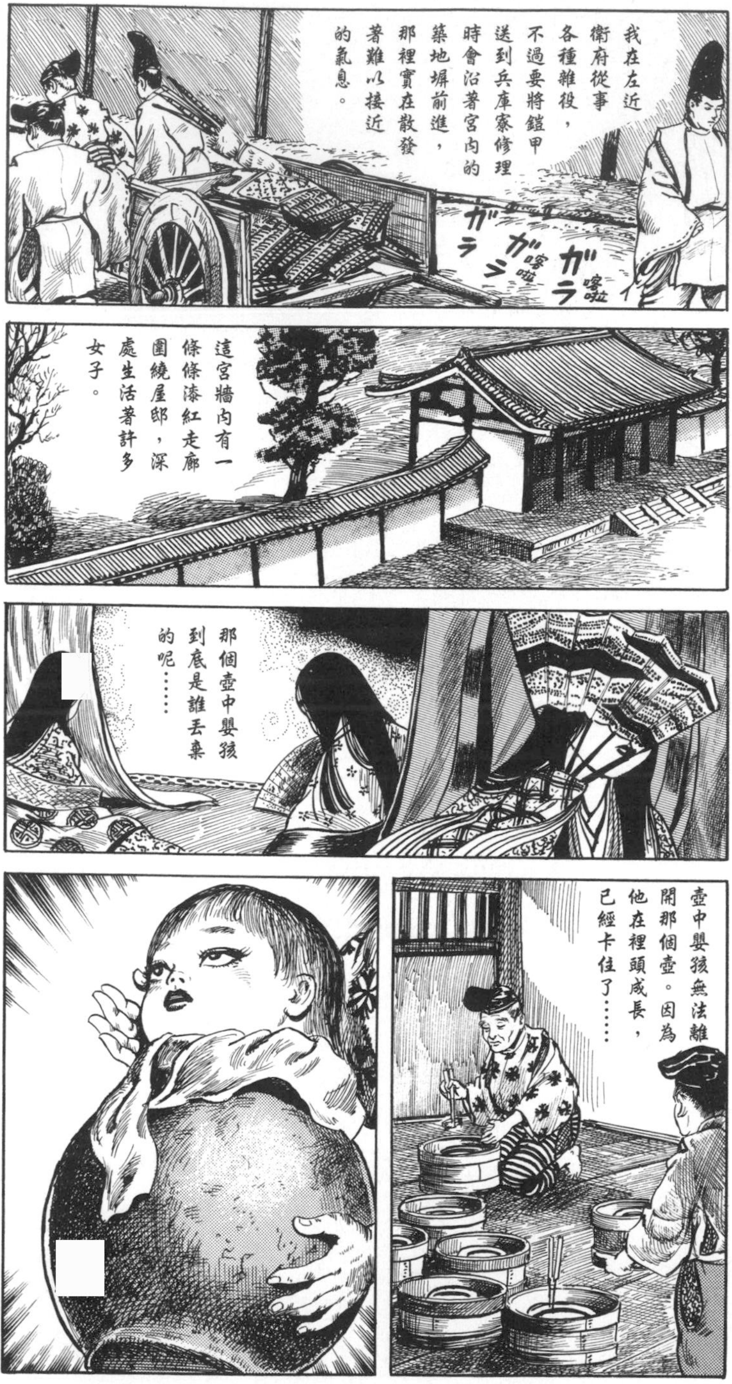
我在左近衛府從事各種雜役，不過要將鎧甲送到兵庫寮修理時會沿著宮內的築地塀前進，那裡實在散發著難以接近的氣息。
ガラ
喀啦
ガラ
喀啦
ガラ
這宮牆內有一條條漆紅走廊圍繞屋邸，深處生活著許多女子。
那個壺中嬰孩到底是誰丟棄的呢……
壺中嬰孩無法離開那個壺。因為他在裡頭成長，已經卡住了……

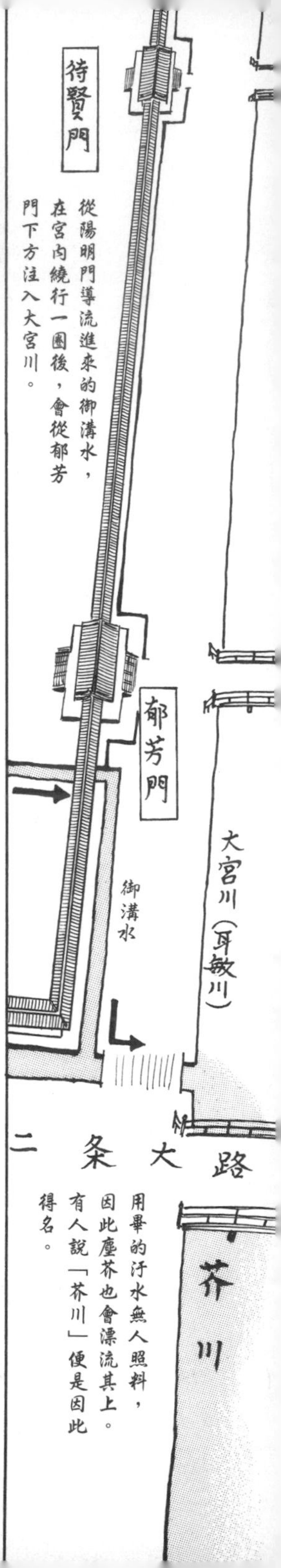
待賢門
從陽明門導流進來的御溝水，在宮內繞行一圈後，會從郁芳門下方注入大宮川。
郁芳門
大宮川（耳敏川）
御溝水
二条大路
用畢的汙水無人照料，因此塵芥也會漂流其上。有人說「芥川」便是因此得名。
芥川

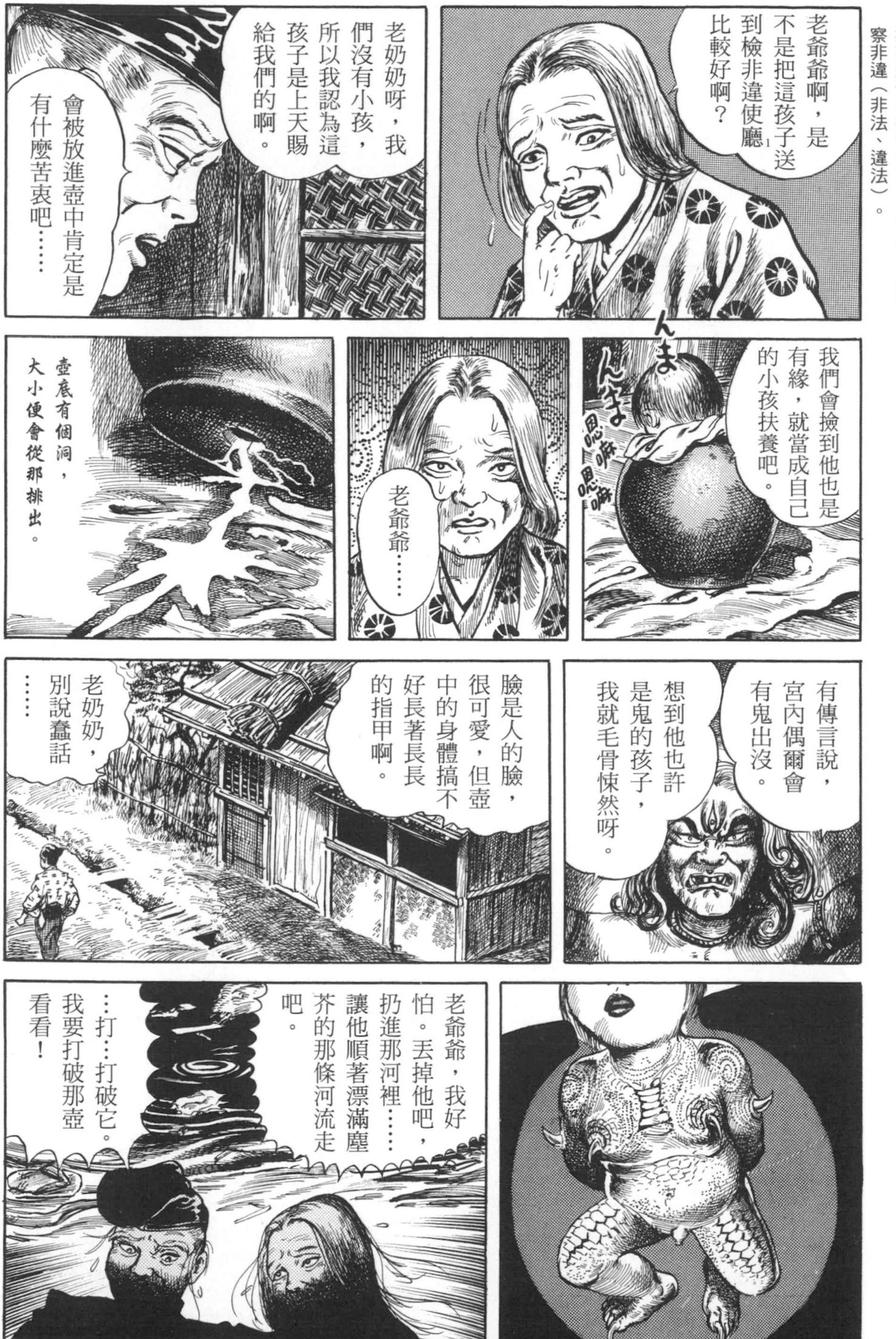
老爺爺啊，是不是把這孩子送到檢非違使廳[1]比較好啊？
老奶奶呀，我們沒有小孩，所以我認為這孩子是上天賜給我們的啊。
會被放進壺中肯定是有什麼苦衷吧……
我們會撿到他也是有緣，就當成自己的小孩扶養吧。
んま
んま
嗯嘛
嗯嘛
老爺爺……
壺底有個洞，大小便會從那排出。
有傳言說，宮內偶爾會有鬼出沒。
想到他也許是鬼的孩子，我就毛骨悚然呀。
臉是人的臉，很可愛，但壺中的身體搞不好長著長長的指甲啊。
老奶奶，別說蠢話……
老爺爺，我好怕。丟掉他吧，扔進那河裡……讓他順著漂滿塵芥的那條河流走吧。
…打…打破它。我要打破那壺看看！

1檢非違使為律令制下官員，代天皇檢察非違（非法、違法）。

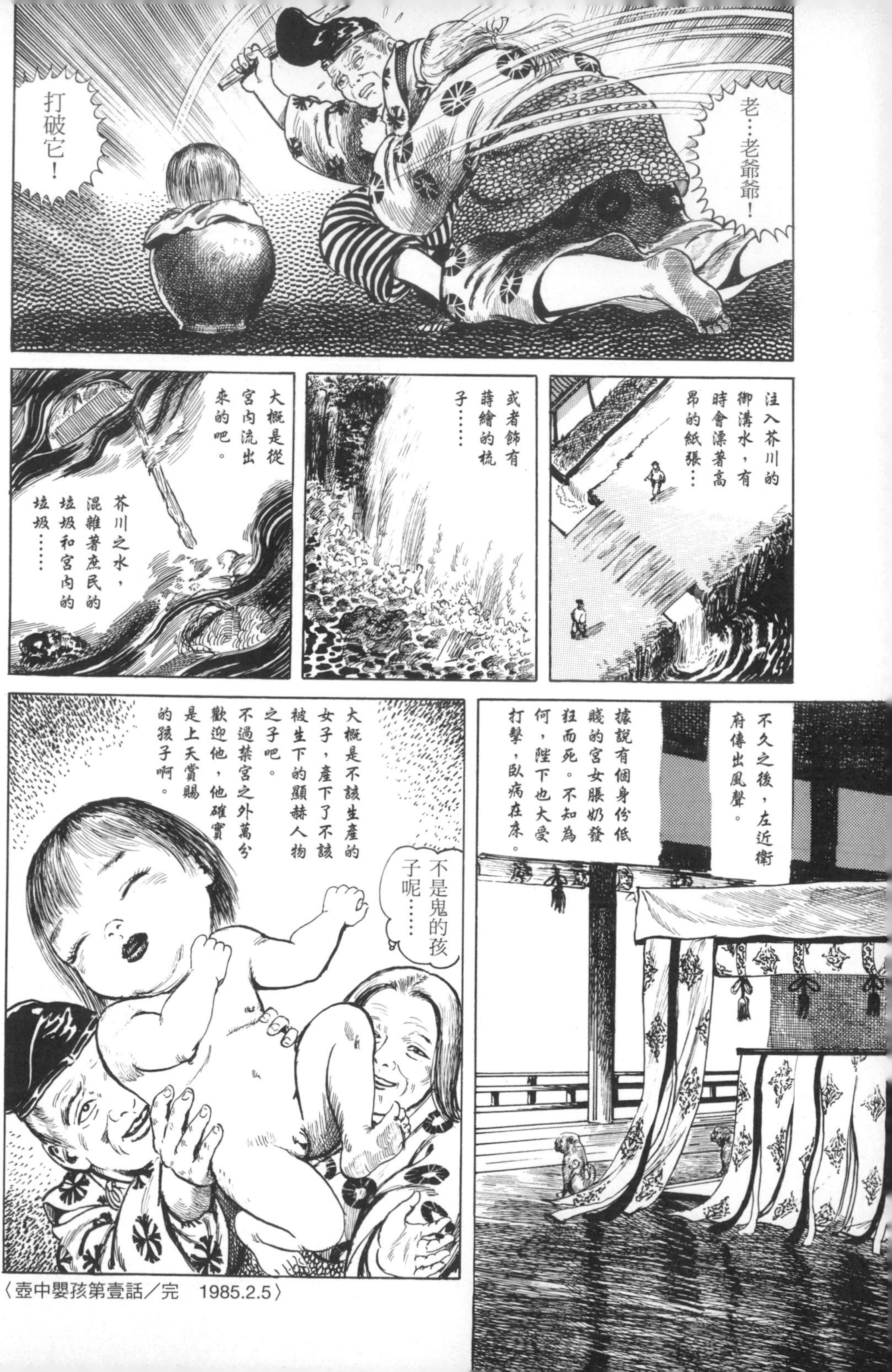
老…老爺爺！
打破它！
注入芥川的御溝水，有時會漂著高昂的紙張……
或者飾有蒔繪的梳子……
大概是從宮內流出來的吧。
芥川之水，混雜著庶民的垃圾和宮內的垃圾……
不久之後，左近衛府傳出風聲。
據說有個身份低賤的宮女脹奶發狂而死。不知為何，陛下也大受打擊，臥病在床。
不是鬼的孩子呢……
大概是不該生產的女子，產下了不該被生下的顯赫人物之子吧。
不過禁宮之外萬分歡迎他，他確實是上天賞賜的孩子啊。

〈壺中嬰孩第壹話／完　1985.2.5〉

壺中嬰孩

—第貳話—

「腳後跟」

武藏國男衾郡（現在的埼玉縣大呆郡）的人都是人渣。
現在和過去的居民都是無藥可救的蠢蛋，應該要絕種的骯髒人類。作者的母親也是大呆郡人，胯下爬滿蛆，令人寒毛直豎、噁心作嘔。總而言之，大呆郡人都是蠢蛋。
由於體質近土，每個人的腳後跟都龜裂開來，牢牢沾黏著泥巴。
當「源氏物語繪卷」、「信貴山緣起繪卷」、「伴大納言繪詞」在京之都問世，眾人欣賞、享受這些作品時，
大呆郡人仍住在破爛房子裡，從早到晚在田裡工作，滿身泥、滿身汗，像牛馬般四肢著地度日。這種生活持續數代後，泥土混進了當地人的血脈之中。

泥土一旦混進血脈之中，人就
會莫名想將血液釋放到泥土上。
於是，戰爭開打了。
我說啊，就算到了昭和年間的今天，京都女子去大呆郡還是一樣折騰呢。所有男人都會對她們五體投地，感激到涕淚縱橫。不過大呆郡女子大概會那樣吧。會對京都女子醋勁大發，啪哩啪哩地剝下她們的皮，然後舔她們的血和肉吧，我是這麼認為啦。
—作者談—

我和心愛的春丸大人見面時，會用葉子遮住腳後跟。

春丸大人也會遮掩腳後跟。羞於展示給對方的部位，我們會隱藏起來，絕對不讓對方看見。

從前，有名京都女子在旅行途中順路去了一趟郡司邸館。
女孩到原野玩了一整天，但腳後跟並沒有沾上泥巴。
為什麼？京都的女人就不一樣嗎？
村裡的男人偷窺著腳後跟並未沾上泥巴的京都佳人。
田裡有座叩隆橋。
走在上頭，它會發出叩隆、叩隆的聲音。

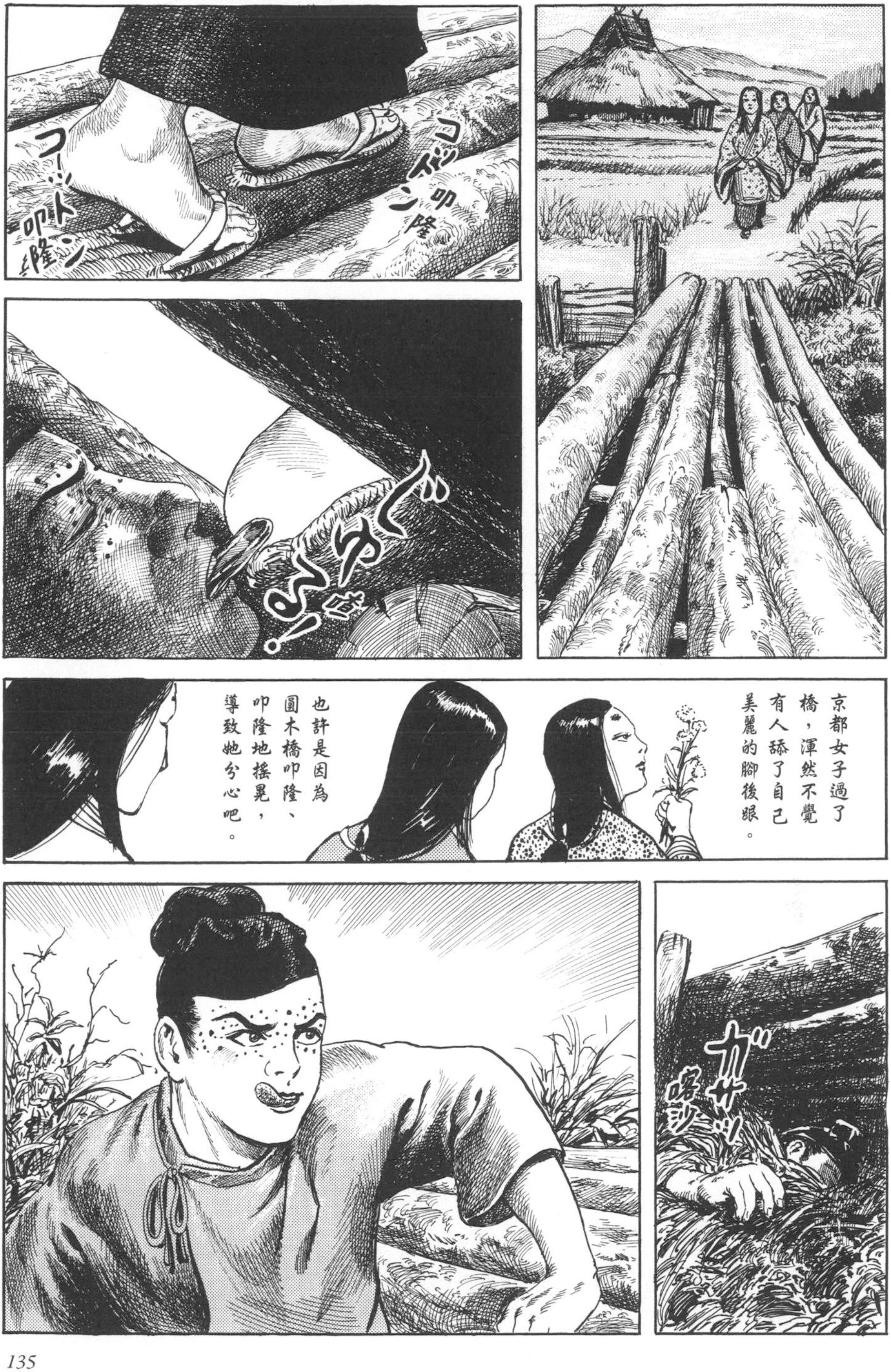
コドッン 叩隆
コーットン 叩隆
じゅる！ 啫
京都女子過了橋，渾然不覺有人舔了自己美麗的腳後跟。
也許是因為圓木橋叩隆、叩隆地搖晃，導致她分心吧。
ガサッ 喀沙

京都女子上路後，郡司熬煮女人的草鞋，喝下湯汁。
村民也都很想喝，喉嚨都發出咕咕聲了，但還是忍了下來。
他們相信，郡司的兩個小孩不久後也會出落得如京都女子那般亭亭玉立，腳後跟不會沾染泥巴吧。郡司也得意洋洋。
不過，我心愛的春丸大人對自己的舉止感到驕傲，到處跟人說：「喝了湯汁也沒用啦！我可是直接舔過她的腳後跟喔！」
春丸大人成了村子裡最清楚京都女子腳後跟滋味的年輕人，村子裡的女童都來舔他的腳後跟了。
顏面掃地的郡司大為震怒，割掉了春丸大人的舌頭。
舌頭切成兩段，讓郡司的兩個孩子吸吮。

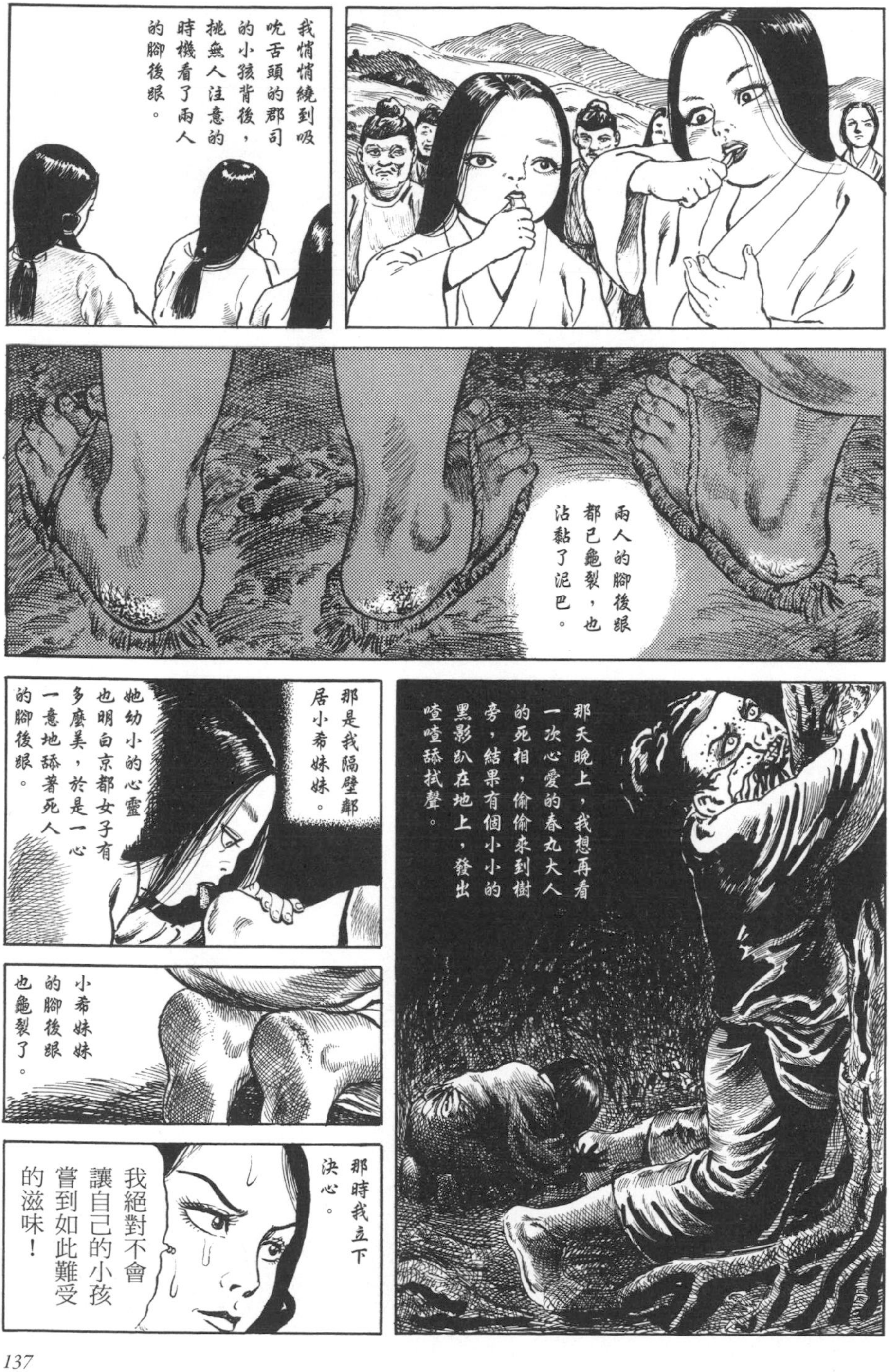
我悄悄繞到吸吮舌頭的郡司的小孩背後，挑無人注意的時機看了兩人的腳後跟。
兩人的腳後跟都已龜裂，也沾黏了泥巴。
那天晚上，我想再看一次心愛的春丸大人的死相，偷偷來到樹旁，結果有個小小的黑影趴在地上，發出嘖嘖舔拭聲。
那是我隔壁鄰居小希妹妹。
她幼小的心靈也明白京都女子有多麼美，於是一心一意地舔著死人的腳後跟。
小希妹妹的腳後跟也龜裂了。
那時我立下決心。
我絕對不會讓自己的小孩嘗到如此難受的滋味！

時候到了，官營牧場生養的馬匹將被輸送到京都。
基於郡司的規劃，我加入運馬行列。
京都有郡司的行館，我在那裡當婢女。結果交付給左馬寮的馬生病了，我也跟著去了左馬寮。
左馬寮位於宮內，那裡有許多貴族、官人。某個老人大概看穿東張西望的我是個鄉巴佬，開始花言巧語地向我示好。
最後，他粗暴地上了我。
據說他是在左近衛府工作的人，我的屁股擠了他的種出來。
那孩子的腳後跟很漂亮，讓我鬆了一口氣。小孩果然就該在京都生啊，我心想。
為了不讓他沾到泥巴，我將他放進壺中，飼養在地板下。不過每天餵養他實在很麻煩。

呵呵呵，筷子也拿得很順手了呢。
嗯嘛嗯嘛
乖乖乖。
老爺爺，那時我竟然說他應該是鬼的小孩，真是丟人啊。
妳說那話真的很過份啊。
那時候要是丟掉他，就無法享受今日此時的快樂了唷。
モゾモゾ
爬來爬去
唔！
老…老奶奶啊，看…看來……
老奶奶似乎說得對啊……這孩子搞不好是鬼……不知為何，我的肚子好痛！
老爺爺，你怎麼啦？
唔呃呃呃，我的肚子痛死啦！

ギエエ
呀—啊
ウウ
唔唔
大約一年前，我突然養小孩養膩了，就扔了他……
ドボーン
撲通
在街上閒晃的時候偶爾會突然想起他，但已經對他一點興趣也沒有了。
啊啊—
ガタタ
喀答答

〈壺中嬰孩第貳話／完 ・1985.3.8〉

你還好嗎？
啊啊……
總是這樣勞煩您，我感激不盡啊。
什麼都別擔心，多吃點，慢慢養病吧。
嗚嗚嗚……
畢竟你長年侍奉我們家啊。
啊……真好吃，真好吃。
富翁獨子空介，並未一腳踹開上了年紀、無法再工作的下人，反而貼心地照顧他。大家都認為他擁有菩薩心腸，是個大好人，十分尊敬他。

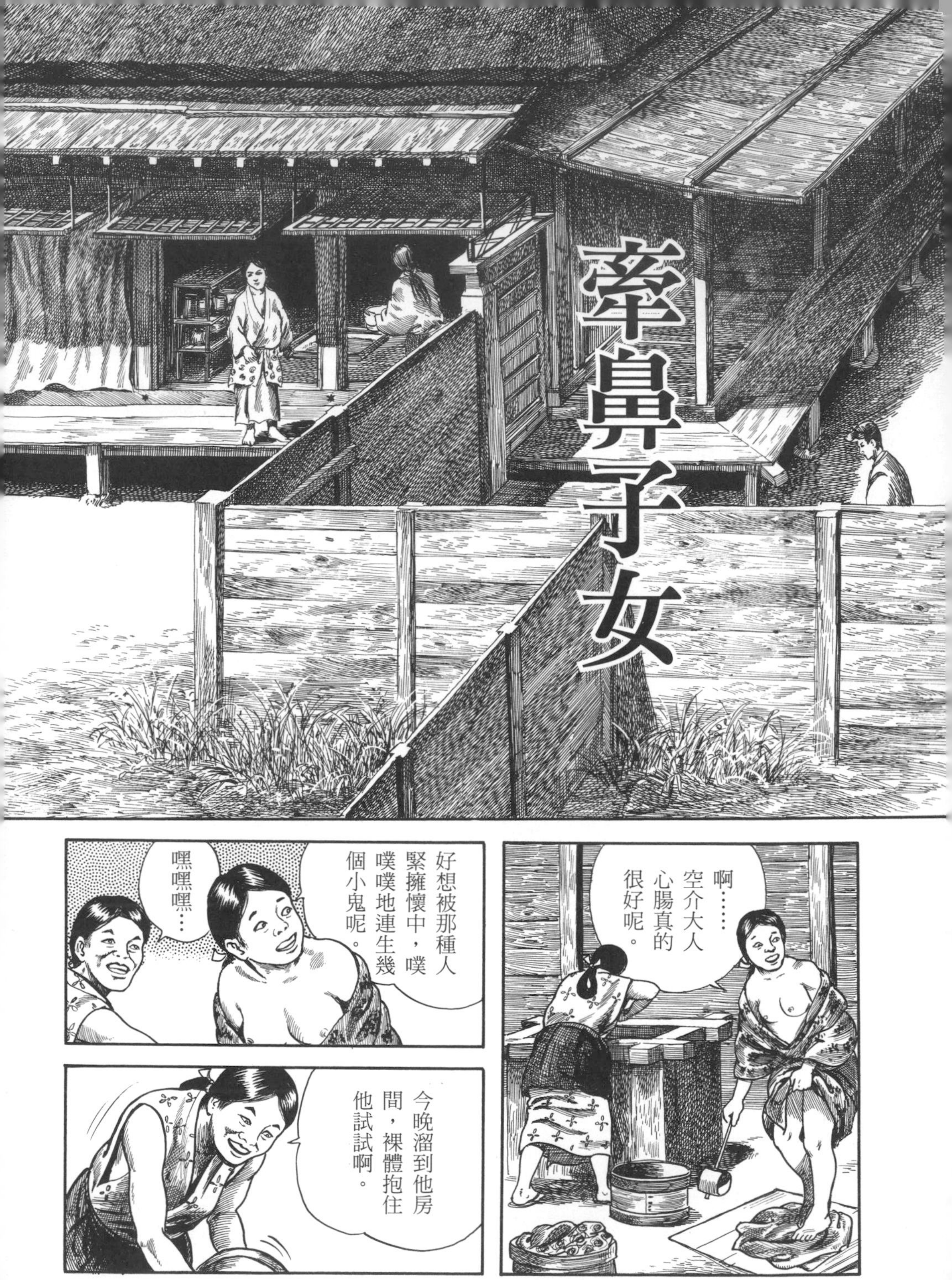
牽鼻子女
啊……空介大人心腸真的很好呢。
好想被那種人緊擁懷中，噗噗噗地連生幾個小鬼呢。
嘿嘿嘿……
今晚溜到他房間，裸體抱住他試試啊。

呀——討厭——
不過我總是在想……
那個空介大人總是一板一眼、心無雜念的樣子，會不會其實非常好色、極愛女人呢……
我老是會那樣覺得耶，克制不了自己。

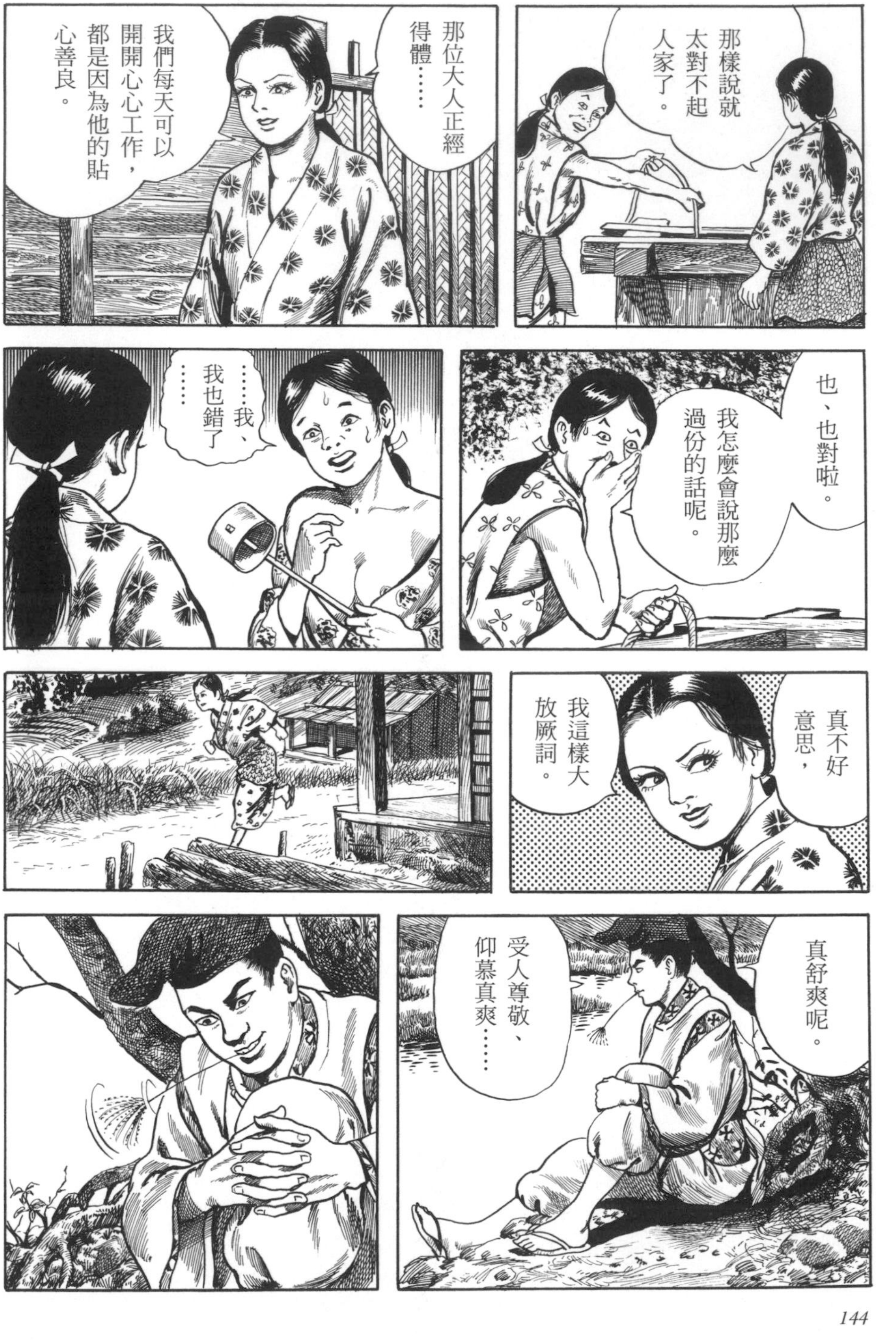
那樣說就太對不起人家了。
那位大人正經得體……
我們每天可以開開心心工作，都是因為他的貼心善良。
也、也對啦。
我怎麼會說那麼過份的話呢。
……我、我也錯了……
真不好意思，
我這樣大放厥詞。
真舒爽呢。
受人尊敬、仰慕真爽……

ヒヒヒッ
嘻嘻嘻
不過……
我真的是對自己佩服得五體投地呢。我多麼卓越，多麼優秀啊……
爸，路上小心了。
會的。

阿龜家的老頭
總算出門了。
空介用石頭
砸裂油壺
……
再用飯粒製成
的糨糊黏接成
原狀。

阿龜，去把那油壺拿過來。
是。
根據家規，對神明粗心犯錯者必得接受「夜露責問」。
當事人要在建有神社的山上，讓夜露打濕一整晚，以重新審視自我、反省過錯、平穩內心。
啊啊，怎麼會這樣……
這是重要的神明之壺，裡面儲放著燈油啊，竟然打破了……
啊啊！
這個家之所以興旺，都是因為我們榨油出售……

都是因為有岩水八幡大人保佑啊。
啊，這是莫大的罪過……
我只是拿起它，它就破了。
啊，別說了，別說了。
別那樣狡辯。
夠了，別哭了。
就當作是我打破的吧。
妳什麼也別說。
我來受罰——但願我們這樣說謊，妳前往京都的父親也不會遭逢災難啊……
空介大人！
好心的空介大人，是我打破的！
請讓我接受夜露責問！

真可憐，真可憐
……我實在不想
這麼做啊……
各位，阿龜
很了不起。
她身為婢女卻
祈願家族興旺，
才決定接受夜
露責問啊。
啊，說得
真對啊。
空介大人
哭了。
空介大人
心腸多麼
好呀。

大家一起祈禱吧，祈禱阿龜的罪今晚會被赦免。
ジョボ
ジョボ
ジョボ
嘩啦
ジョボ
嘩啦
夜露太多了……

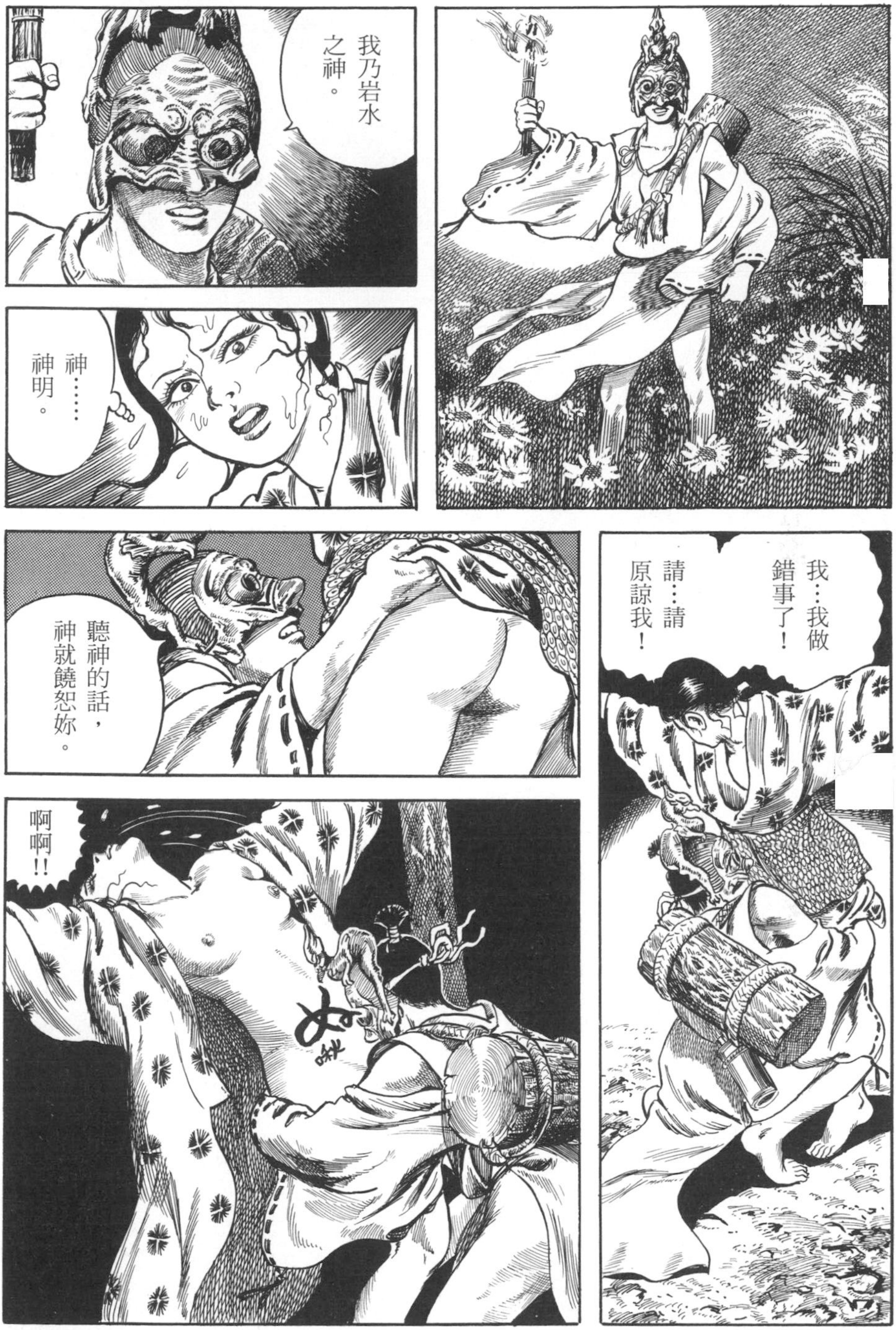
我乃岩水之神。
神……神明。
我…我做錯事了！請…請原諒我！
聽神的話，神就饒恕妳。
啊啊!!

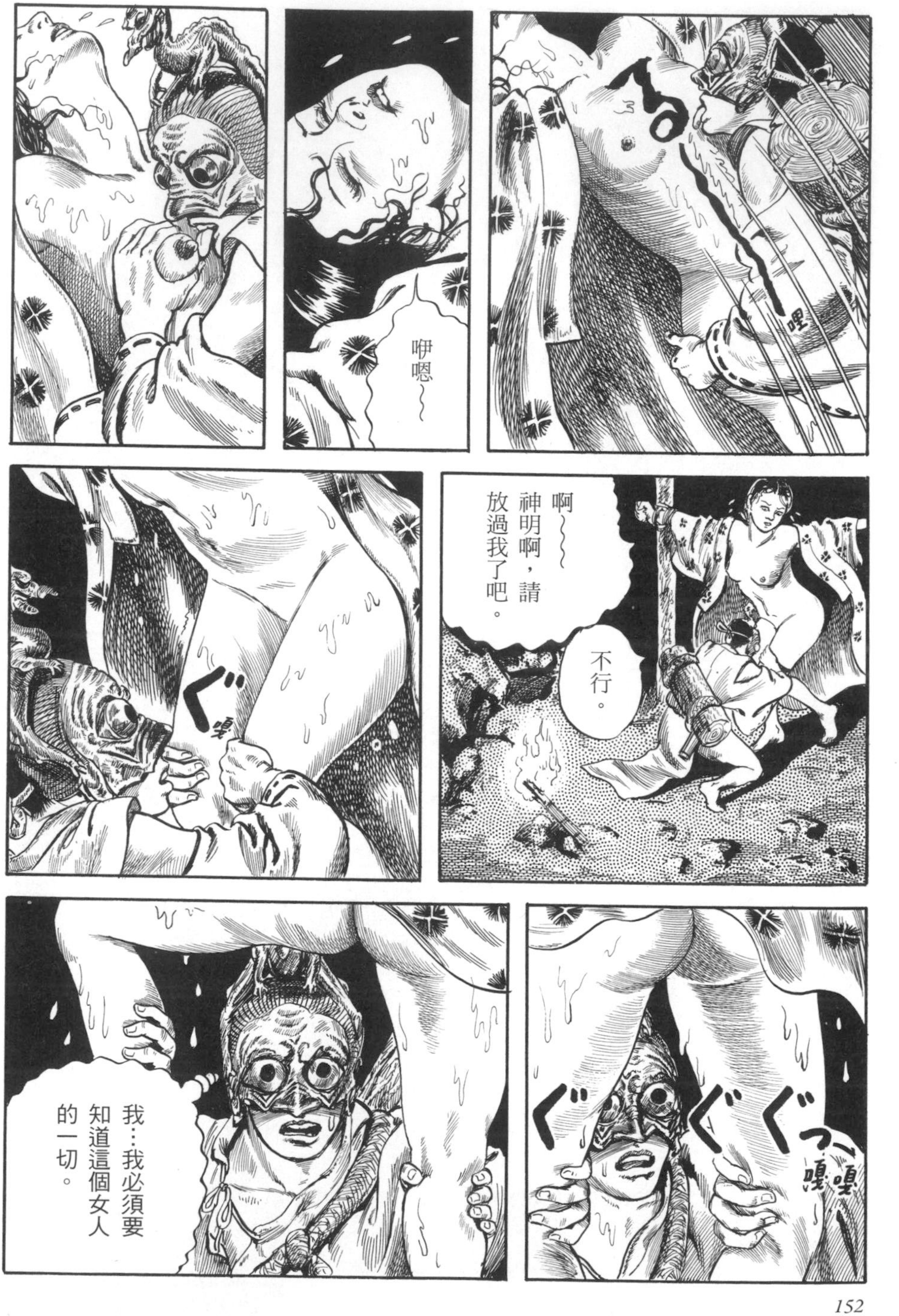
哩
咿嗯~~
啊~~~神明啊，請放過我了吧。
不行。
ぐ
嘎
我…我必須要知道這個女人的一切。
ぐぐぐっ
嘎嘎

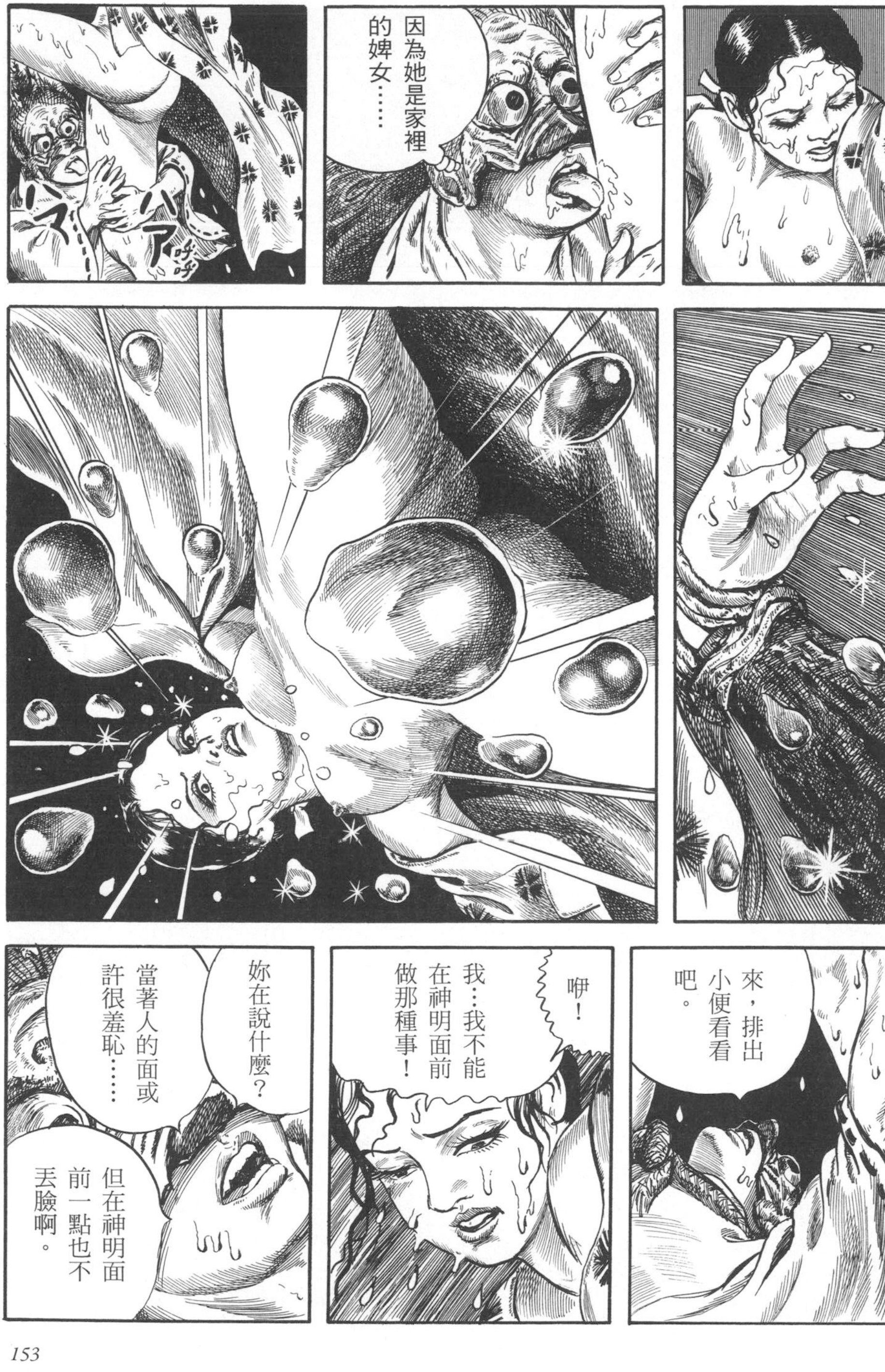

因為她是家裡的婢女……
呼呼
來，排出小便看看吧。
咿！
我…我不能在神明面前做那種事！
妳在說什麼？
當著人的面或許很羞恥……
但在神明面前一點也不丟臉啊。

要是不聽從神的指示，前去京都的令尊會遭逢厄事喔！
咿！
我…我做就是～
嘩啦
嘩啦
啊……
好骯髒，但好可愛。
啊……

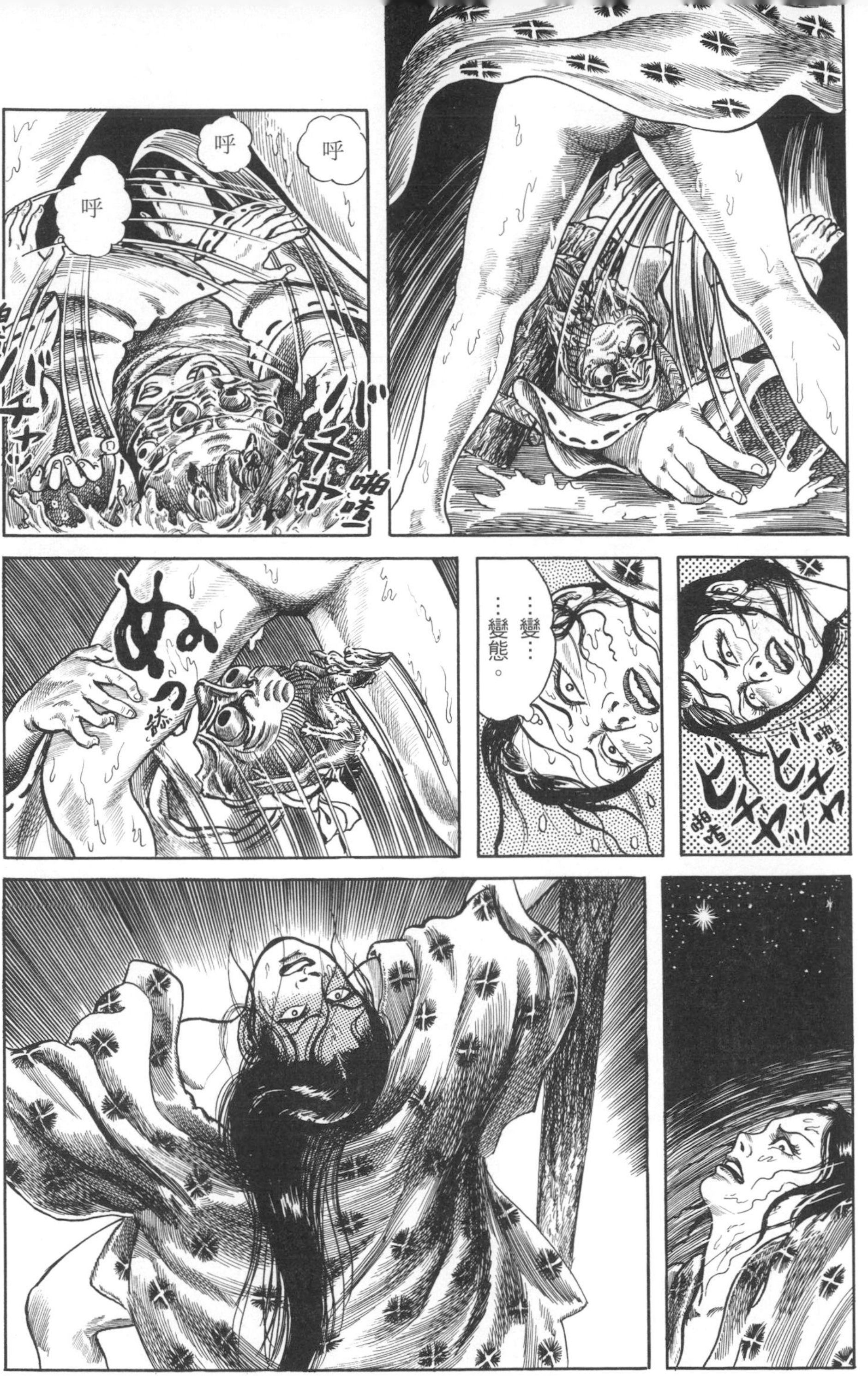
呼
呼
呼
啪嗒
啪嗒
啪嗒
啪嗒
……變……
……變態。
ぬっ
舔

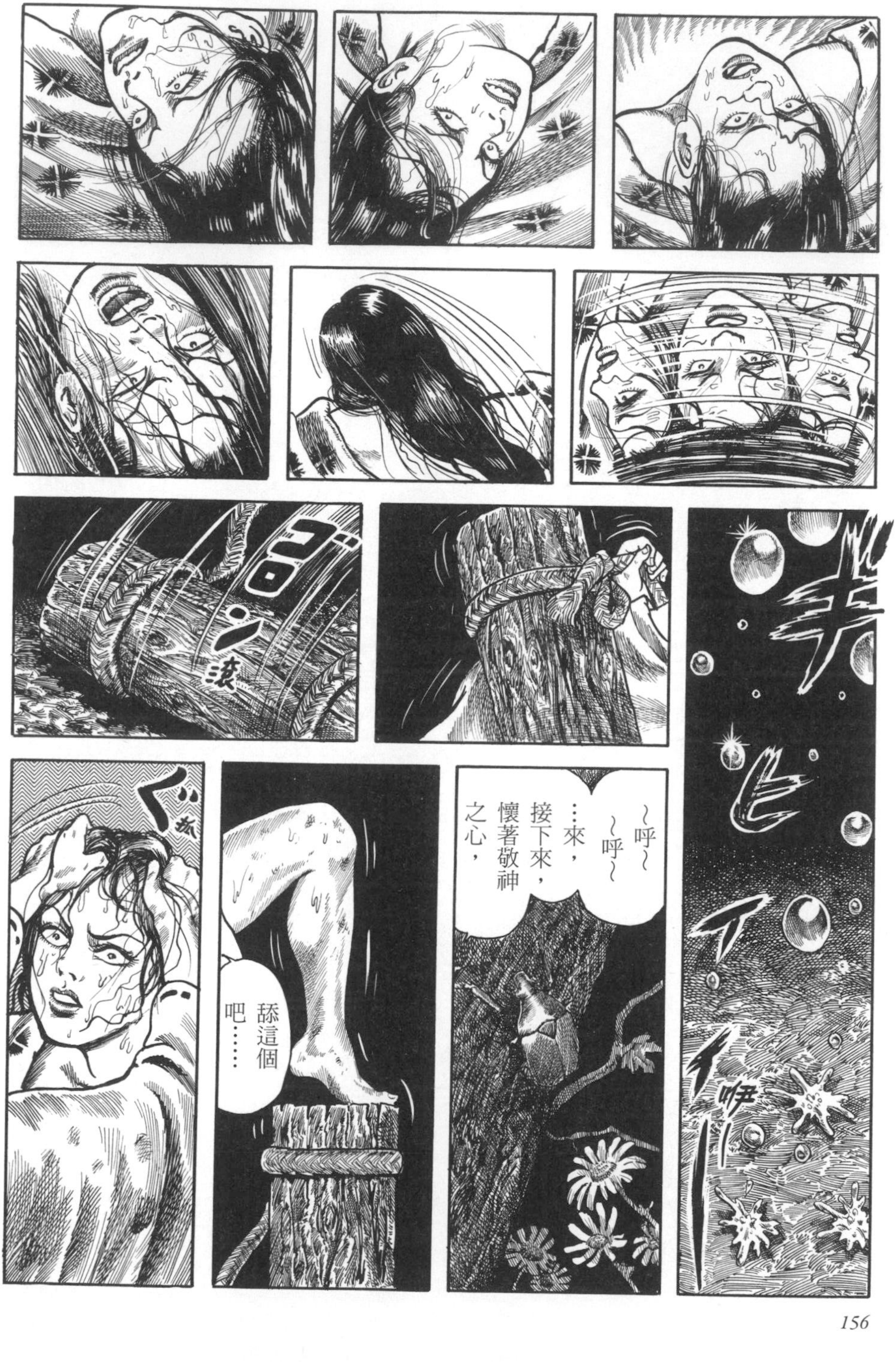
ゴロン
滾
キヒイイ
咿
~呼~
~呼~
…來，接下來，懷著敬神之心，
舔這個吧……
くい
抓

あっ咿
ムグゥ
唔呃
ウヒッ
唔呃
啊
啊
啊
ガタ
喀嗒
ガタ
喀嗒
ゴギ…
咕喳

呃
……
呃啊
該…該死……我最後要插進去！
ポッ
燃

パラッ
啪
チャポンチャポン
嘩啦嘩啦
スー
咻
唔！
カサッ
沙
ふふ
呼
？
……？
……？……早……
早洩？
ゴクッゴクッ
咕嚕咕嚕
空介大人！也給我一口……
嗯。

妳……妳在說什麼啊，我可是神啊！
今晚所見所聞全都不許透露給他人喔！
要聽話啊。
該死……阿龜那傢伙不是處女……
沒人知道我們家的傭人在背地裡幹什麼！
媽的，該死。
啊……痛痛痛。

阿龜，真虧妳挺住了。
神赦免妳囉。
大變態！
裝正經裝得這麼完美，真是嚇傻我了。
變態又早洩，作為一個男人簡直無可挑剔耶……
我從很久很久以前就隱約覺得，你搞不好是這樣的人。
妳……妳到底在說什麼？
少裝蒜啦！
ぐっ
昨晚根本就沒讓我滿足，還說瞎話。
コネコネ
揉揉

你，真是個無可救藥的色狼耶。
不…不要到處放話……拜託妳。
錢可以買到人命，但買不到信用啊……
妳要我做什麼，我都會乖乖聽話……拜託了……
阿龜在空介的背上想：「今天開始，我就不是一介下人了。」一想著想著，全身上下似乎都感受到強烈的血液脈動。
空介完全被一介下人牽著鼻子走，從今天起，隨時都得心驚膽顫、畏畏縮縮地生活了。世上最恐怖的，莫過於變態又早洩。

〈牽鼻子女／完 ・1980.10.29〉

價值連城的寶珠

經過應天門的時候，
他會盡量不看門，
快步通過。
因為不久前，
他在門邊碰
上了「令人
生厭之事」。
他所體驗的
「令人生厭之事」
容後再敘……
這一天，他回
到位於西京的
家，結果有一
名客人來訪。
是這樣的，

我家主人聽聞你日前的英勇行徑，想邀請您前往寒舍會會。
邀我……
還請您務必應允……
這一天，他剛好閒來無事，於是答應女子請求。
主人有些顧忌他人耳目，才落腳此地……
請。

女人掀開簾子後……！
我帶他來了。
我想看看汝之臉。

呵呵呵，
就是汝嗎？汝不久前朝那個放了一箭……
原來如此，是果敢無敵的面相呢。
您找我有何事……
箭，
我想看看箭，讓我看看。
啊……這就是汝的鏑箭嗎？喔，原來如此，這樣啊，我明白了。
カク
カク
カク
カク
カク

ホホホ呵呵呵
這…這女人到底是……？
一來一往的過程中，食物也送上來了。
他接受主人邀請，開始吃喝……結果，那女人突然開始以迅雷不及掩耳的速度…
ガツガツ
ガツガツ
嚼嚼

轉眼間，她便吃光了自己的膳食，坦露胸口，倒臥在主人前方。
パラリッ
啪啦
呵呵呵，消化著，消化著，變得黏度適中了。
唰
ベロベロ
舔舔

女人凝望著男人，淚水不斷湧出。那是求救的眼神。
他回頭一看，想拿起太刀，結果——！
啊！

——不見了！
原本倚靠著長押2的太刀和弓……不知在什麼時候消失了。
池子裡似乎有某物，仔細一看，他手上……
…那…那…那是什麼……
冷…冷靜下來，冷靜下來…
呵呵呵。

2 和室門框的裝飾性橫木。

余在日前負傷，
為了加快康復速度，不得不用這長長的舌頭，
奪取人類腹中食物。
消化得恰到好處之物……
不久前，有人用箭射傷了余之身體。
ゴボゴボゴボゴボ
咕嚕咕嚕
汝對這箭有印象嗎？
就是這箭刺穿余之身體。
遞到他面前的箭正是他的鏑箭，毋庸置疑。先前在應天門前碰上的「令人生厭之事」閃過了他的腦海。

他正是在《今昔物語集》第二十七卷第三十三語〈西京人見應天門上有發光物〉登場的那個男人。
由於他現在內心大為動搖，無法訴說先前在應天門發生的事，我在此大略援引《今昔物語集》，向讀者說明。
ヒュウ——
咻
啊……我撐不過今晚了。
讓我在死前，再見那孩子一眼……
母親大人，請振作，我現在就去叫弟弟過來。

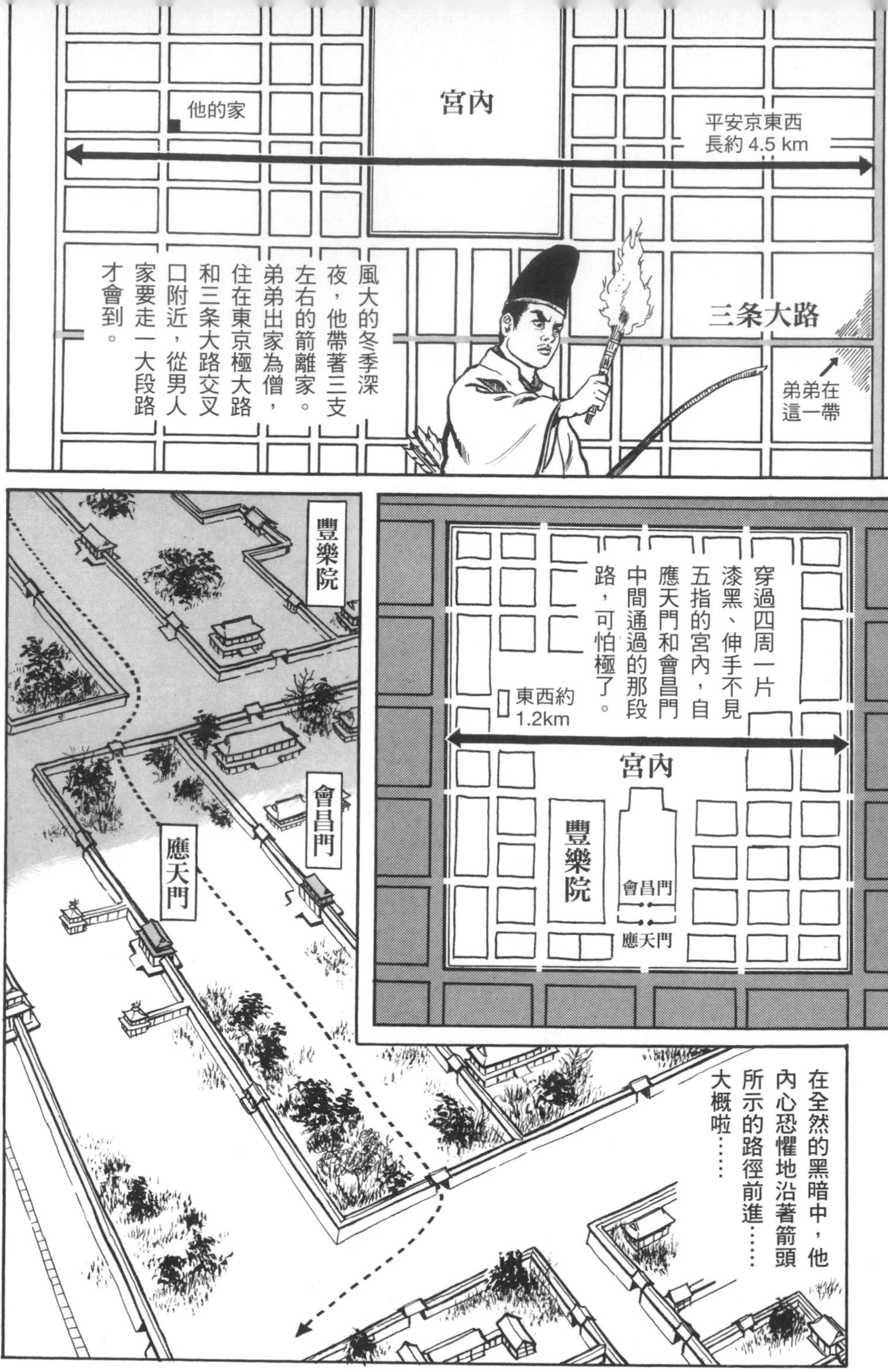
東京極大路
宮內
他的家
平安京東西
長約 4.5 km
三条大路
弟弟在
這一帶
風大的冬季深夜，他帶著三支左右的箭離家。弟弟出家為僧，住在東京極大路和三条大路交叉口附近，從男人家要走一大段路才會到。
穿過四周一片漆黑、伸手不見五指的宮內，自應天門和會昌門中間通過的那段路，可怕極了。
東西約
1.2km
宮內
豐樂院
會昌門
應天門
豐樂院
會昌門
應天門
在全然的黑暗中，他內心恐懼地沿著箭頭所示的路徑前進……大概啦……

他總算到了弟弟所在的僧坊，可是⋯⋯
弟弟並不在，他今晨上了比叡山。
他別無他法，只好折返。經過應天門和會昌門之間時，比先前更加害怕⋯⋯
老鼠一再鳴叫。應天門二樓，有個發光物。
他怕得要命，不斷在心中誦念「是狐狸、是狐狸」，趕路回家。
豐樂院
北
西

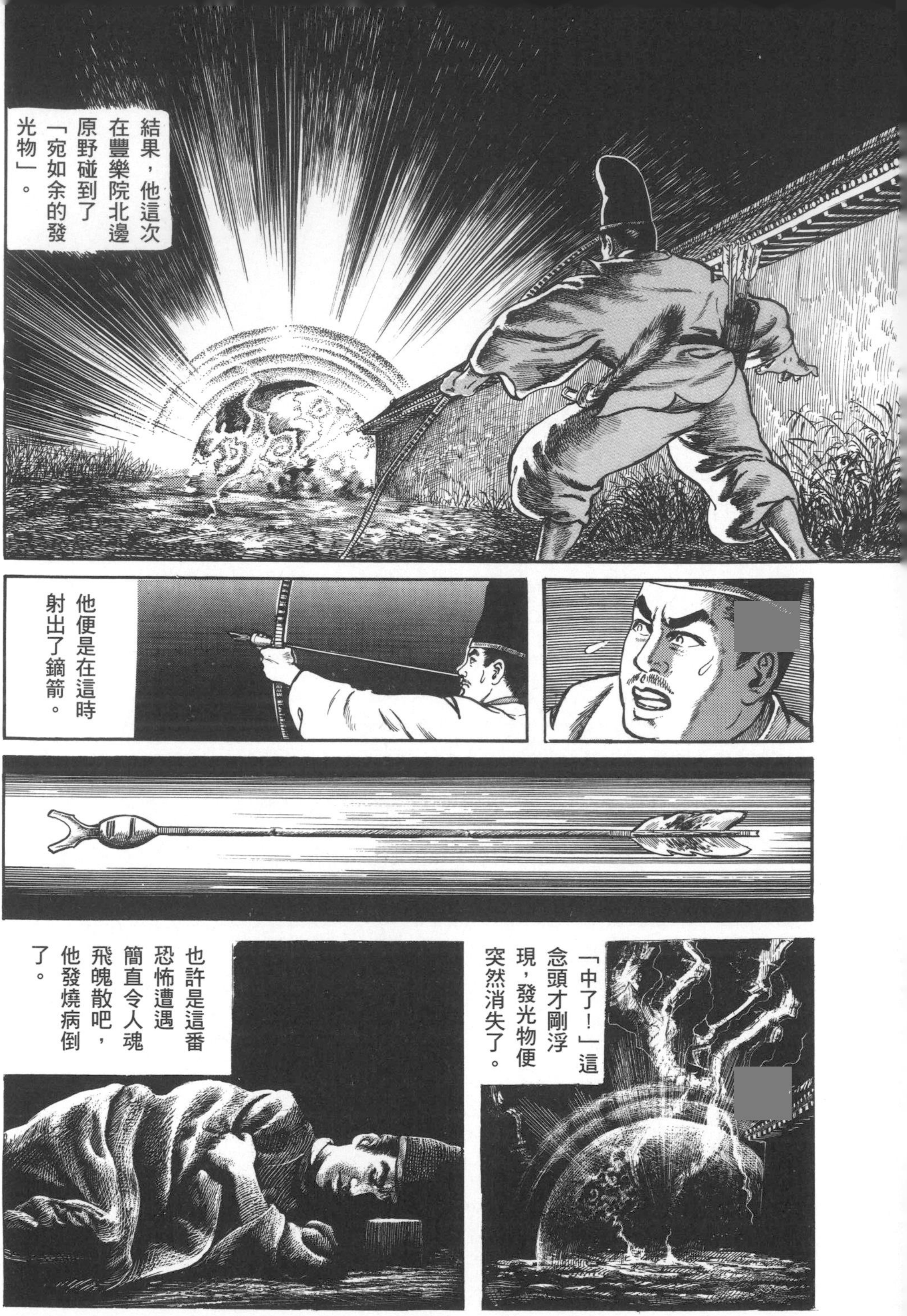
結果，他這次在豐樂院北邊原野碰到了「宛如余的發光物」。
他便是在這時射出了鏑箭。
「中了！」這念頭才剛浮現，發光物便突然消失了。
也許是這番恐怖遭遇簡直令人魂飛魄散吧，他發燒病倒了。

《今昔物語集》講述的故事到此為止。
後來，他的母親故世了，他又以武士身份去侍奉某人宅邸。
咕喳咕喳
ぐちゃ
ぐちゃ

妳…妳在做什麼！
ウググ
嗚呃
呵呵呵，我在欺負這個女人，好洩憤啊。
ぐちゃぐちゃ
咕嘰咕嘰
良心會難受嗎……？
這女人會如此受苦，都是因為汝向余射了一箭啊!!
沒汝的事了，回去吧！
不想回去的話，再待一會兒也無妨喔。
ウウウウウ
嗚嗚嗚
グチャッ
嗚嗚嗚
グチャッ
呵呵呵
這女人是怎麼一回事！
——我不能直接回去。我不能對這不幸之人置之不理，自己一個人悠悠哉哉地回去啊……
首先，我要冷靜下來。
——現在我手上沒有太刀也沒有弓。先看清這些傢伙的真面目，再趁機……

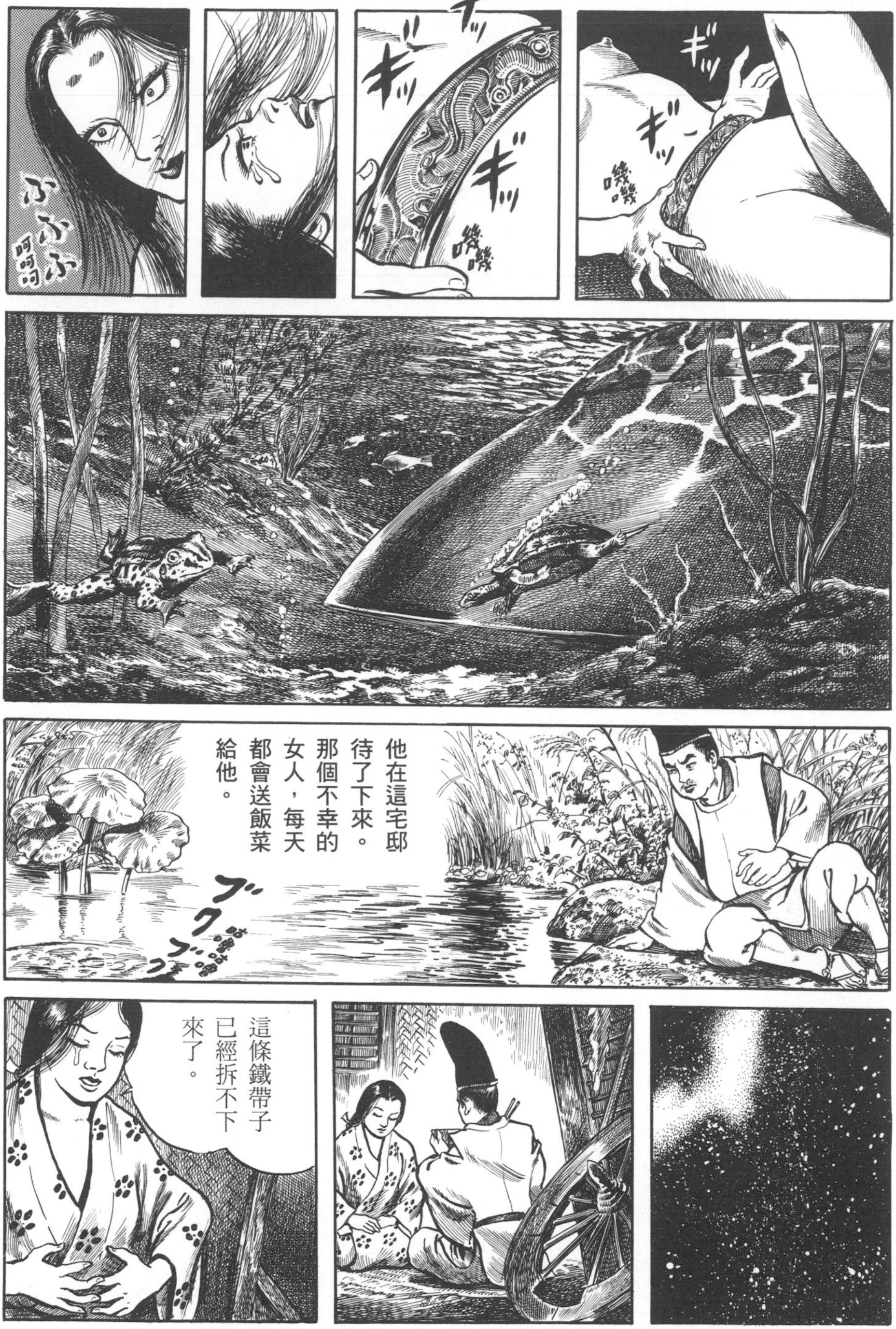
ギッ
ギッ
嘰嘰
ギッ
ギッ
ギッ
嘰嘰
ふふふ
呵呵
他在這宅邸待了下來。那個不幸的女人，每天都會送飯菜給他。
ブクブク
咕嚕咕嚕
這條鐵帶子已經拆不下來了。

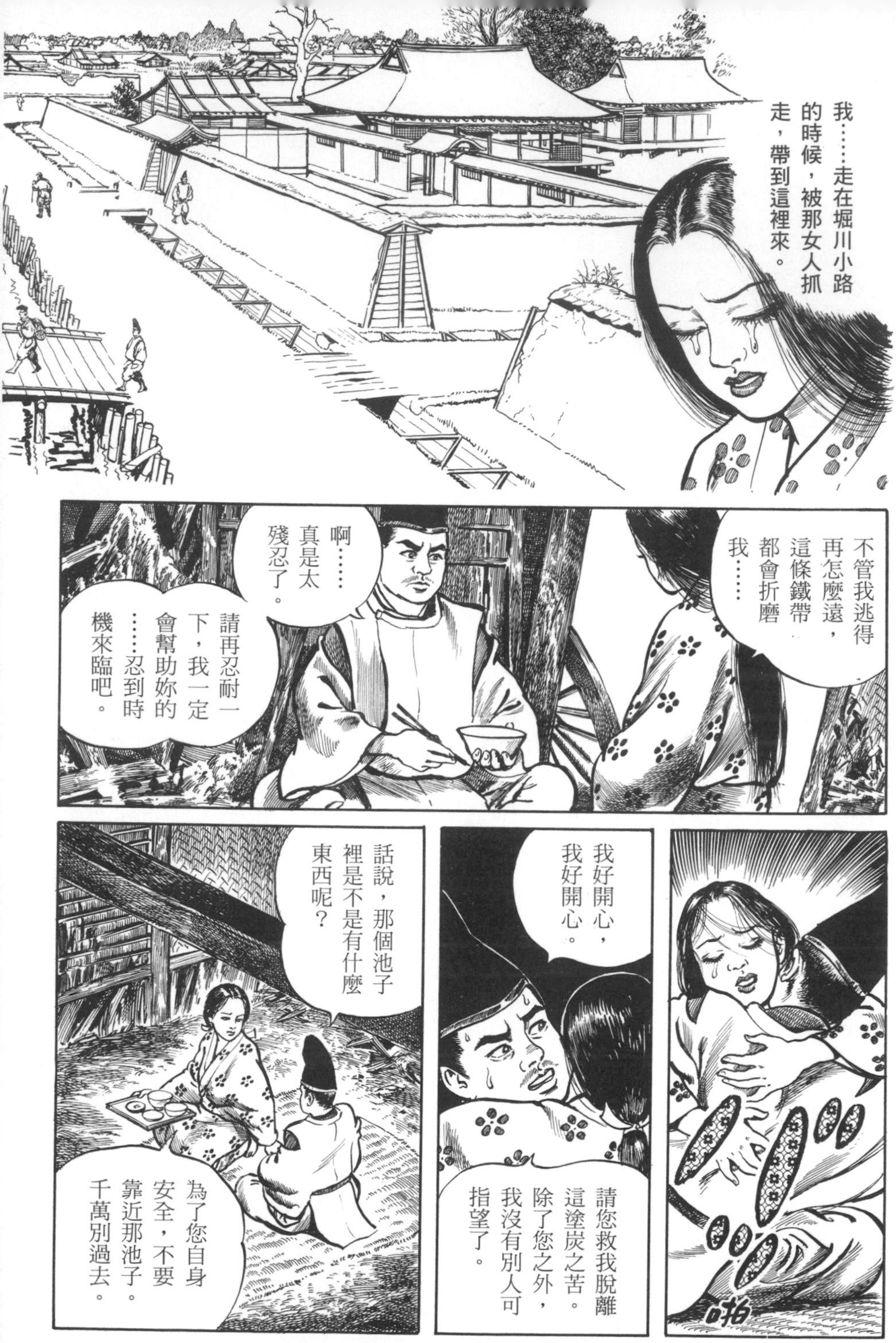
我……走在堀川小路的時候，被那女人抓走，帶到這裡來。
不管我逃得再怎麼遠，這條鐵帶都會折磨我……
啊……真是太殘忍了。
請再忍耐一下，我一定會幫助妳的……忍到時機來臨吧。
啪
我好開心，我好開心。
請您救我脫離這塗炭之苦。除了您之外，我沒有別人可指望了。
話說，那個池子裡是不是有什麼東西呢？
為了您自身安全，不要靠近那池子。千萬別過去。

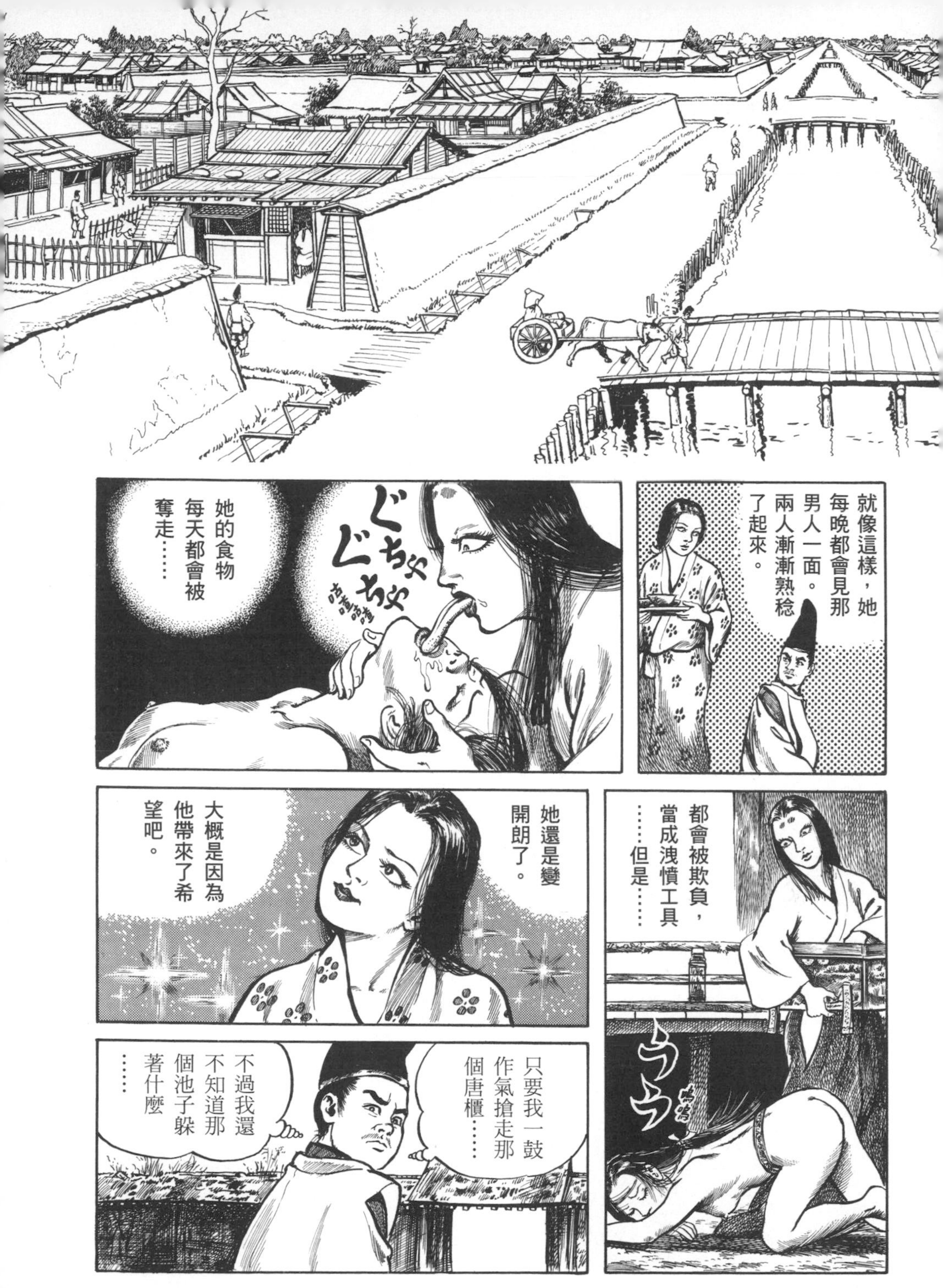
就像這樣，她每晚都會見那男人一面。兩人漸漸熟稔了起來。
ぐちゃ ぐちゃ
她的食物每天都會被奪走……
都會被欺負，當成洩憤工具……但是……
うう
她還是變開朗了。
大概是因為他帶來了希望吧。
只要我一鼓作氣搶走那個唐櫃……
不過我還不知道那個池子躲著什麼……

喀嗒
呵呵呵
什麼事那麼好笑？
呵呵呵…還不就…
啪
嘻嘻嘻嘻，呵呵呵。
——她變得遠比以前開朗呢，他心想。
……我…
喜歡上她了呢……
我向她表明心意……

真開心……
我好開心啊！
我也從初次見面的時候就對你……
這心意簡直要脹破我的胸口了……
……啊啊，在這種地方……多麼大膽啊。

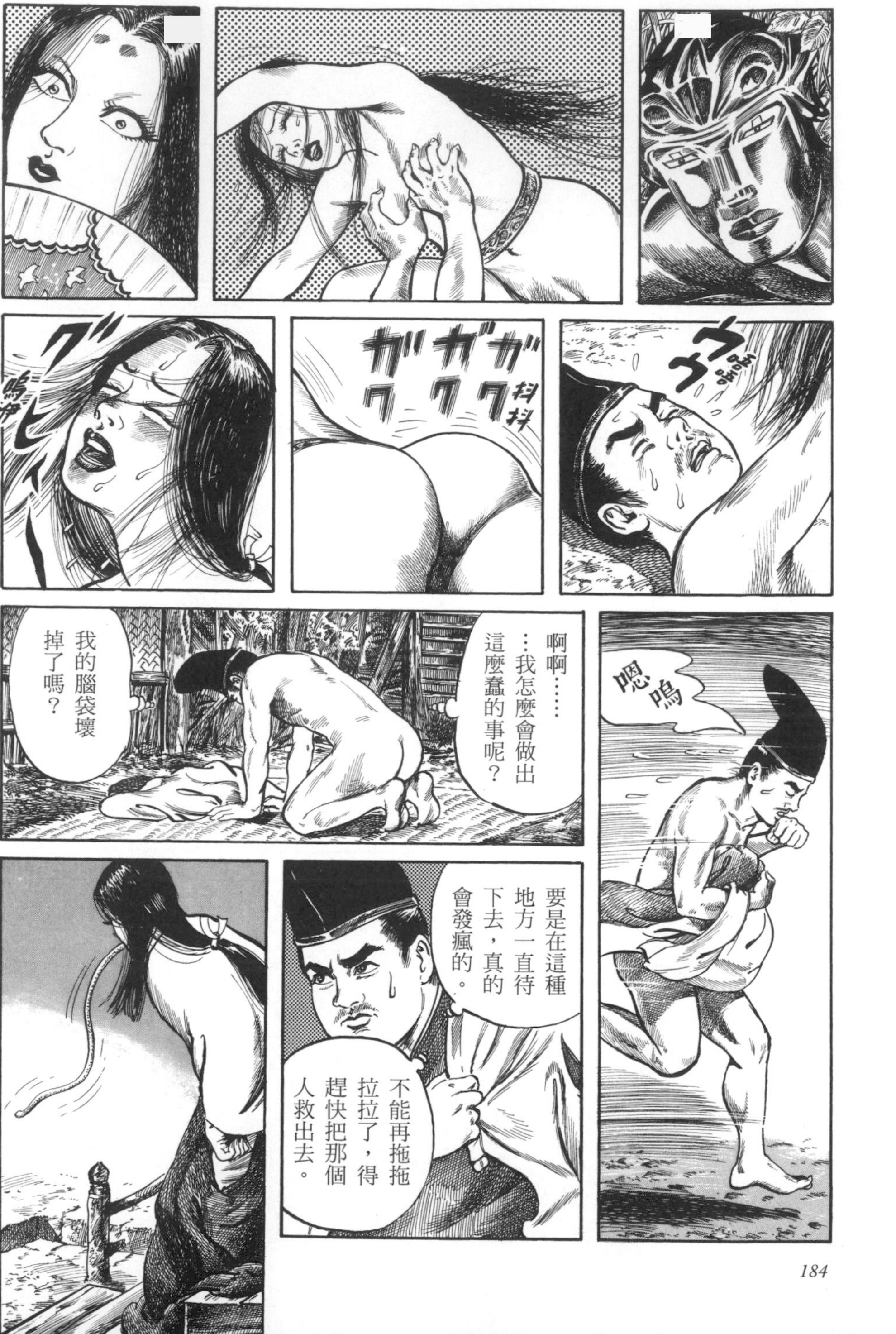
ウウ
唔唔
ガクガクガク
抖抖
グッヒイ
嗚咿
嗯嗚
啊啊……
……我怎麼會做出這麼蠢的事呢？
我的腦袋壞掉了嗎？
要是在這種地方一直待下去，真的會發瘋的。
不能再拖拖拉拉了，得趕快把那個人救出去。

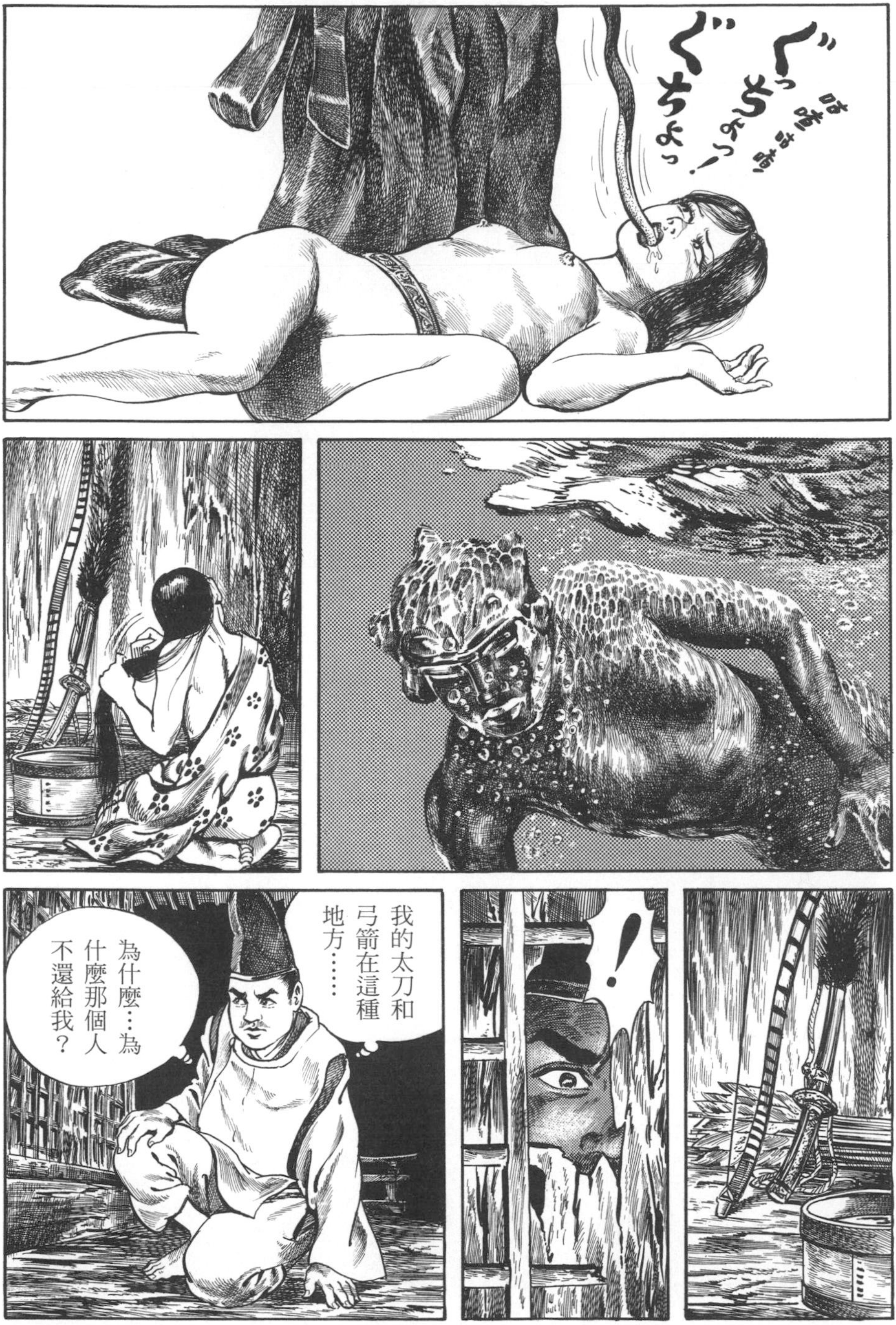
ぐっちょっ!
ぐちょっ
はあはあ
我的太刀和弓箭在這種地方……
為什麼…為什麼那個人不還給我？
!

チュン
チュン
啾啾
妳為什麼不把弓箭還給我？
我今天總算要救妳離開這裡了。
請不要!!
?!

唔！這、這個人是怎麼一回事……
咚
被那個女人操縱了嗎？
啊！住手啊！
うお
喝啊—
嚓
喀

？
……空的。
ギイー
嘰
ドン
咚
ゴロゴロ
滾滾
ギ……ギギ
嘰嘰
カクカクカクカクカク
卡卡卡卡卡
ボム
轟
哎……你終於動手了呢。

這到底是怎麼
一回事……？
我們就要各
奔東西了。
啊！妳說
拆不下來的
鐵帶……
我至今一直瞞
著你。我其實
不是人類。

我想體驗看看人類的情呀、愛呀等等的。
咦？
我當初在應天門一帶找對象。
結果你經過，並射了一箭……
我心想，這麼有勇氣的男人還不錯……
於是選擇了你。
嗯，就是這麼一回事囉。
多虧有你，我對人類的情呀、愛呀，已經瞭若指掌了。
呵！
什麼情呀、愛呀，真的很蠢呢。
不過很謝謝你。
我不會……
忘記你的……

謝謝你。
如果想知道我的真面目，就看水面吧……
保重啊……
ジャ 好啦
ドーモ 謝謝
ドーモ 謝謝
あっ
啊
啊啊啊～
我和怪物……和怪物做了。
ドボーン
撲通－！

那發光物又從水中冒出來了，他頭也不回地逃跑。
啊！這是？
到底是什麼時候…？
日後，有許多人出高價想要他讓出那顆散發七彩光芒的寶珠，但他不肯放手，一直留在身邊，於是，幸運如海嘯般湧來，他變成了一個極為幸福的男人。人人都說那顆寶珠價值連城，關於它的事蹟流傳久遠。

〈價值連城的寶珠／完 ・1981.2.14〉

心之影

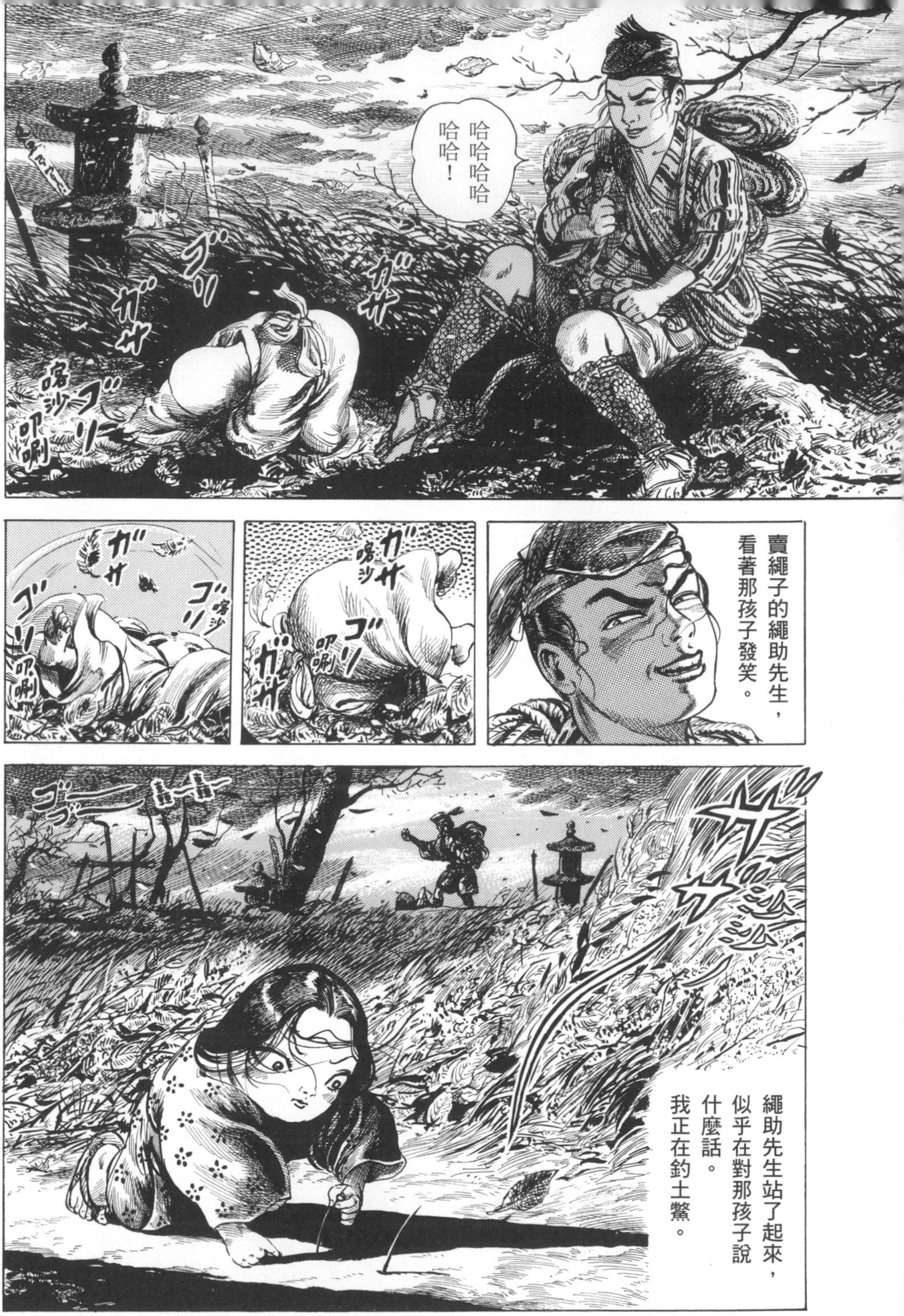
哈哈哈哈哈哈！
ガサ
ゴリ
喀沙
叩唰
賣繩子的繩助先生，看著那孩子發笑。
ガサ
喀沙
ゴリ
叩唰
ガサ
喀沙
ゴリ
叩唰
繩助先生站了起來，似乎在對那孩子說什麼話。
我正在釣土鱉。

スッ 沙
啊！沒釣到……
スッ 沙
啊！又沒釣到……
啊！又沒釣到…啊！嗯？又來了……啊，又沒釣到！啊，又沒釣到…為什麼？咦？又來了…好！咦？又沒釣到。啊！又來了……
スック！修！
我以為繩助先生和那孩子和樂融融地在聊天，忘情地釣我的蟲子，結果不知不覺間，他在樹枝上掛起了繩子。
ギィ
ギィ
嘰嘰

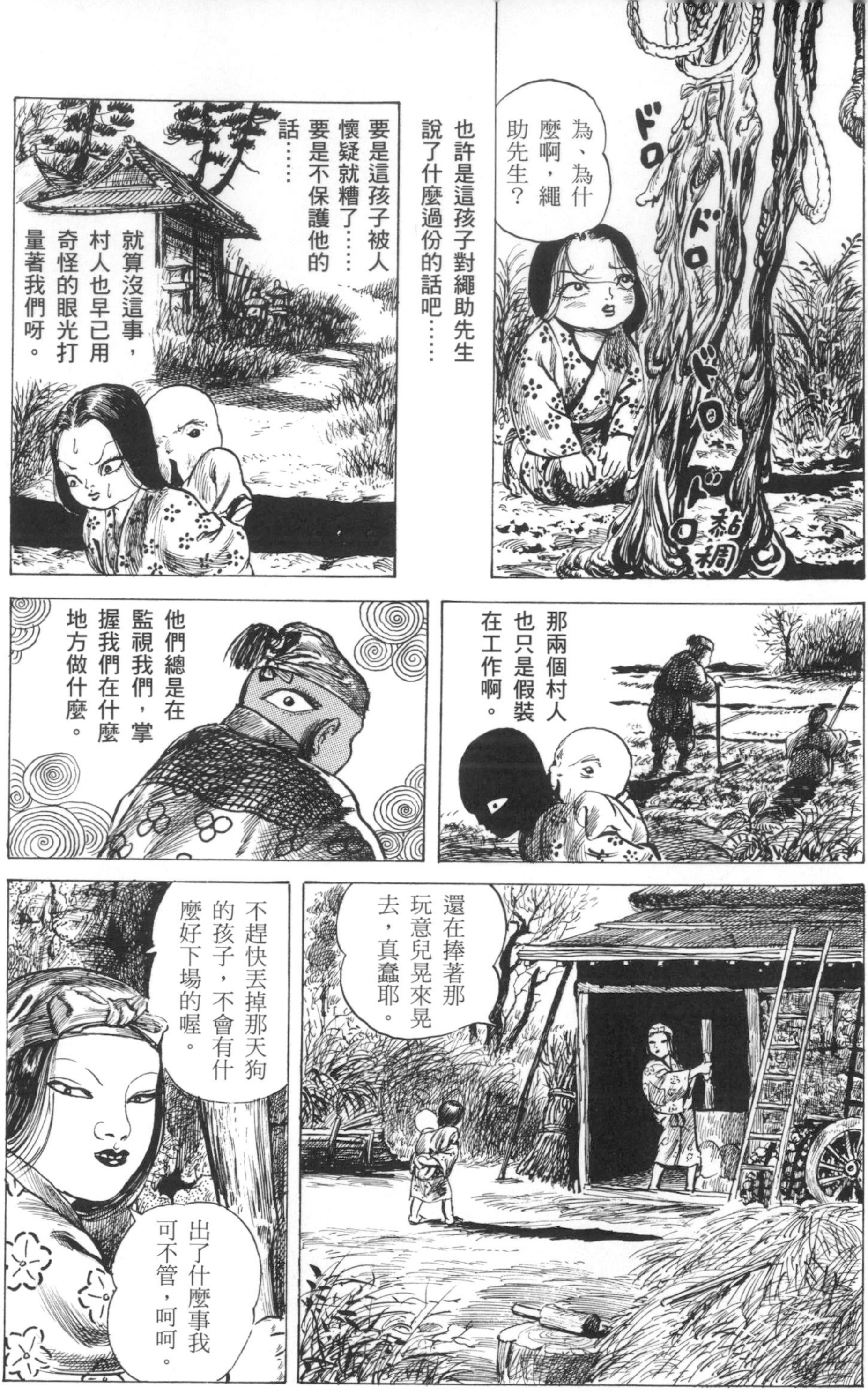
為、為什麼啊，繩助先生？
ドロ
ドロ
ドロ
ドロ
黏稠
也許是這孩子對繩助先生說了什麼過份的話吧……
要是這孩子被人懷疑就糟了……要是不保護他的話……
就算沒這事，村人也早已用奇怪的眼光打量著我們呀。
那兩個村人也只是假裝在工作啊。
他們總是在監視我們，掌握我們在什麼地方做什麼。
還在捧著那玩意兒晃來晃去，真蠢耶。
不趕快丟掉那天狗的孩子，不會有什麼好下場的喔。
出了什麼事我可不管，呵呵。

他也許是天狗的孩子吧……但跟人類沒兩樣啊。我要是不照顧他，他會怎樣呢？
我和他一起在稻草中翻滾玩耍。
呵呵呵呵。
喀沙
叩唎
呵呵呵，真開心呢。
嚓
斧…斧頭。
斧頭砍到頭……啊，怎麼辦？
是我不對……不，不是啊。
他死了—不過這樣也好啊。那孩子終究是無法和人類一起生活的……好吧，明天就把他的屍體扔到山上去。

うーーん
うーーん
夜裡，我呻吟了一整晚。那個孩子還活著。傍晚天色昏暗，所以我看錯了，以為斧頭砍破了他的頭。
うーーん
唔～唔
繩助那混蛋，賣不掉繩子就拿來吊脖子，真拿他沒辦法。
真是的。
啊！這樣啊，所以他才死掉啊。
ゴツ
痛！

你打我是吧！
他實在太過份了，於是我使盡全力踹了他一頓。
那孩子呀，才不會因為賣不出繩子就把自己掛到樹枝上啊！
真希望妳不要到處亂放話影響世人的觀感啊，嗚嗚～～
妳大剌剌地帶著天狗的孩子晃來晃去，對村人造成多大的困擾啊。嗚嗚～～
嗚嗚～～
會是誰啊？難道是繩助的母親嗎？
也許，還是把這孩子送回山上比較好吧。送回原本撿到的山上。

啊……我做了一件好事。那孩子會在山上幸福度日的啊……
バシャバシャ
嘩啦嘩啦
媽！媽！咿—咿！
明明還乳臭未乾，別成天在那種地方鬧騰。
啊，蝮蛇！
原來啊，這孩子看到蛇，不想要我穿衣服才……
啊，他在擔心我的安危呀。
之後，我又每晚做惡夢、呻吟不止了。

神啊，請斷絕我和那孩子的緣份。
請殺死那傢伙。
我連他的臉都不想看到，讓他去死吧。
嘰
半夜為了解手起床，發現那孩子仰望夜空，流著眼淚，不斷看，不斷哭。
那孩子也是孤伶伶一人呢。哭成那樣……

我一面感受著村人從暗處投來的，彷彿刺穿我全身的視線，一面手持鐮刀往山上走。
對不起喔。對不起喔。
どす どす
咚嚓 咚嚓
咕扭 ぐにゅ
ぐにゅ 咕扭
咿——！討厭討厭，不要啊不要啊！

唔咕！唔咕！
吁！吁！
呀啊！
嗚……嗚……
唔咿！唔咿！
吵死了，趕快回家去。
嗚嗚嗚……
嗚嗚嗚…
……啊，感覺真差勁……

呀——！
呀——！
咿呀！
我等到入夜後，瞞著所有人，
把那孩子沉到了井底。
モジモジ
扭扭
撲通

啊，總算放下內心的大石頭了，媽的心情似乎也變好了。
抓到了很多螃蟹，煮來吃吧。
嗯！
一切都很順利，嘻嘻嘻嘻。
那孩子在這井底熟睡著呢。我夜裡再也不會做夢呻吟了。
沙沙沙
ザクザクザク
空欠、空欠。
是說，那個地方有個入口快要崩塌的洞穴呢。
ゴン
ゴン

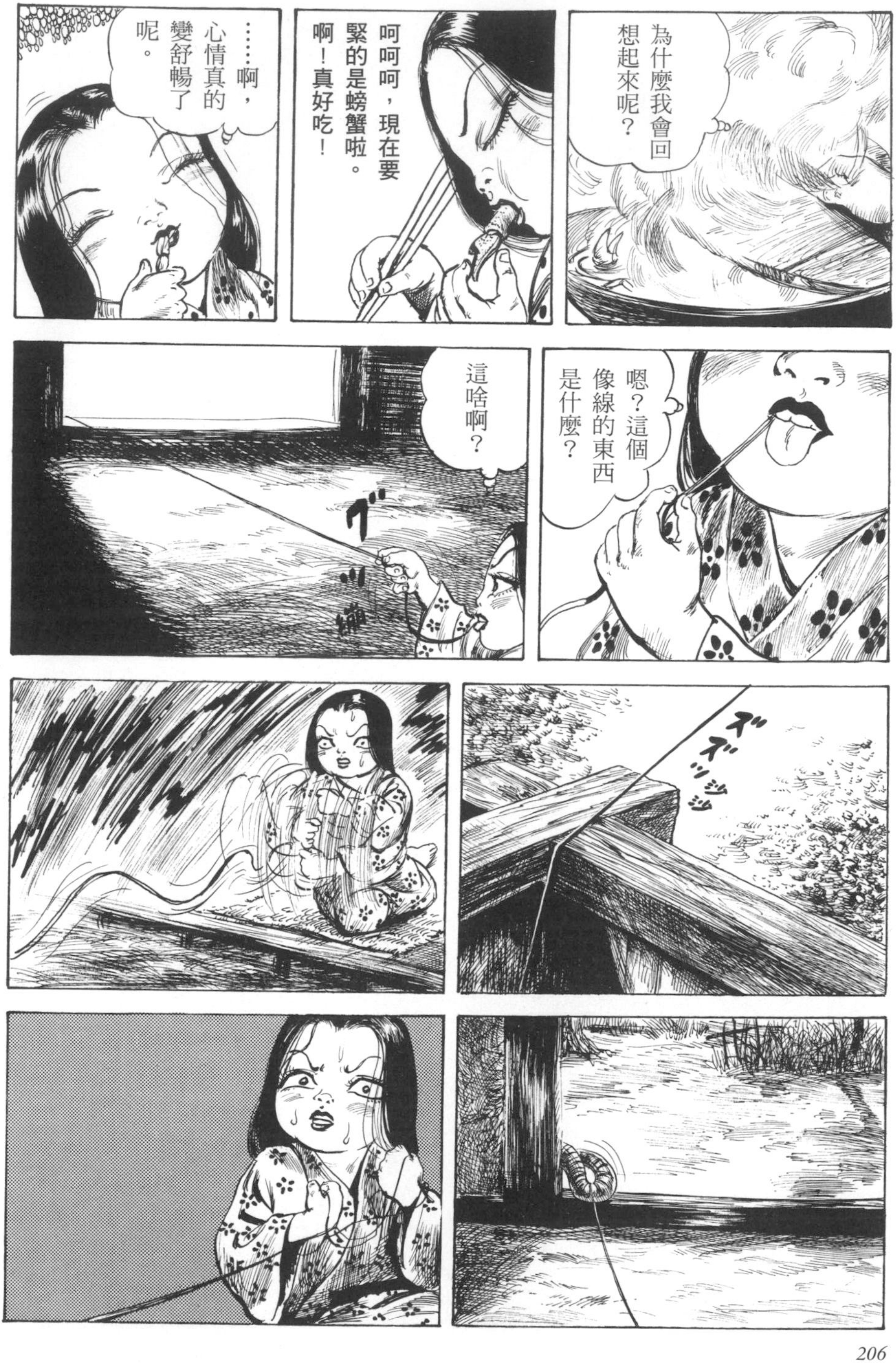
為什麼我會回想起來呢？
呵呵呵，現在要緊的是螃蟹啦。啊！真好吃！
……啊，心情真的變舒暢了呢。
嗯？這個像線的東西是什麼？
這啥啊？
グッ
ズズッ

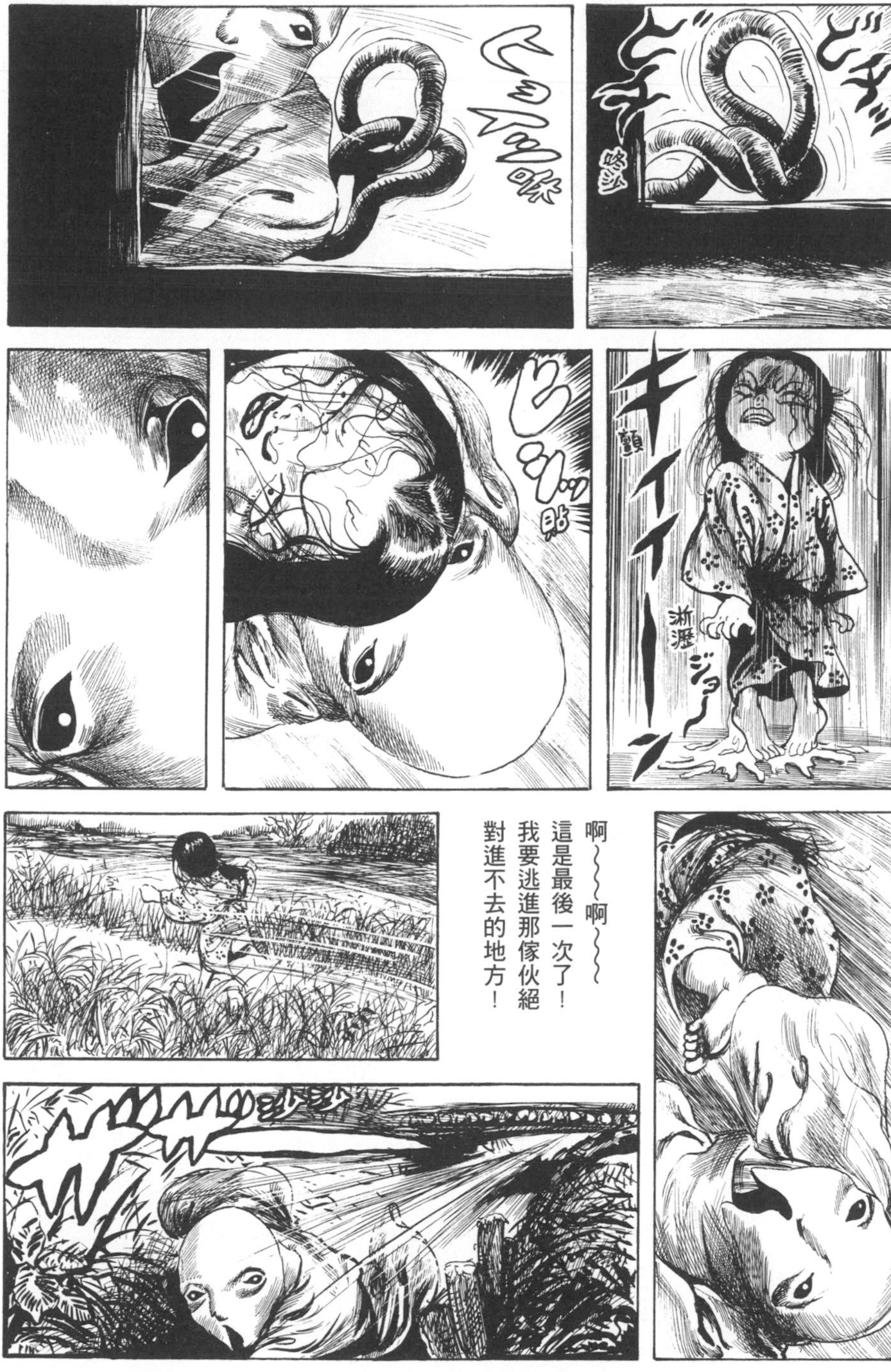
ビチッ
ビチ
咚沙
ヒョアッ
咻
キイイーン
顫
淅瀝
ジョ～
ピシッ
貼
啊～～啊～～～
這是最後一次了！
我要逃進那傢伙絕
對進不去的地方！
ザザッ
沙沙

呼……
呼……
支撐用木棍爛掉了，
用棒子一推洞口就會崩塌，
沒有人進得來了。
ミシ!!
嘎吱！
ズズーン
隆—
果然……
……果然
還好我沒
進去啊。
……不過，
他為什麼會
這麼可怕
呢……。

〈心之影／完 ・1985/11/17〉

花輪和一 負號現實主義者

赤瀨川原平

左手呢，平按白紙上，以免它滑動，右手呢，握著單薄細長的金屬，其前端分岔，也就是名為筆尖的金屬啦，而這金屬竟然還蘊含著稠稠的漆黑液體，因為是液體，它當然會順從地心引力往下滴。這是地底極——深處的地球中心在拉扯。這地球的引力小氣巴拉的，它要拉扯火車頭、戰車之類的鋼鐵重物還情有可原，但沾在筆尖的這種墨水它竟然也不放過，還是要加以拉扯。因此呢，墨汁就算躲在筆尖的暗處，也還是會被引力揪出來，開始往下滴。不過呢，這作勢往下漏的墨汁並不會一口氣漏光，因為這金屬呢，以分岔處夾著它。於是，液體的末端和金屬的末端彼此摩擦，保持靜止，而右手手指把持著這靜止。

這是手指對吧。筆尖是堅硬的金屬，因此不是柔軟的手指就夾不住它。相對地，柔軟的物體不用堅硬的物體是夾不住的。軟綿綿的豆腐，用扭來扭去的蒟蒻做成的筷子夾得起來嗎？我說得沒錯吧？相對地，就算想用極堅硬的鐵筷夾起硬邦邦的玻璃珠，珠子也只會滑來滑去。因此，夾人的和被夾的，性質總是完全相反呢，也就是說，夾住堅硬筆尖的，一定要是柔軟的事物，因此手指骨的四周才會長出柔軟的肉。肉的外側有皮包覆，皮上有凹凹凸凸的指紋，具防滑效果。用上述手指三根夾住筆尖，額外兩根作為支撐，然後在白紙上不慌、不忙地畫出線條的男人，叫花輪和一。

花輪這詞，指的當然是葬禮會場入口一字排開、黑白相間的冰冷花圈，另一方面，也是柏青哥店等店家慶賀開幕時在入口一字排開，有粉紅、有黃、有橘的繽紛熱鬧花圈。它們原已具備雙面性，不過花輪和一的花輪又跟它們不太一樣，令人感受到某種濕度般的，木材蘊含的水分般的性質，這是為什麼呢？

我想起木盆這樣東西。還有束緊盆子的木材、不讓它們四散的圓形模子，也就是以手指拂過時很可能被小細刺扎到的竹編環，所謂的箍。

木盆如果失去濕氣，木材縮小、變硬，和箍圈之間似乎就會產生縫隙，導致木料散開。也就是說，沒有長期使用就會壞掉。不常保內部充滿水分的狀態，最後就會無法使用。浴盆如此，洗衣盆也是如此。酒桶大概也一樣吧。古早時候將人類糞便運到田裡的「堆肥桶」應該也是。木材容器內部儲滿濕淋淋的液體，同時也以有些卻步的姿態大量蘊含著濕氣，也就是滲出的液體；箍圈則從外側束緊木材，以免它們四散。前述種種木盆全都是因為容器和箍圈的緊張關係取得平衡，才得以存在於世上。

我的經驗也相同。去年，癱瘓的家父在我兄長那裡過世了。為了整理家產，我們兄弟在舊家集合。那裡遺留著一個浴室小木盆。就算轉開水龍頭，水也只會不停從木材縫隙嘩啦啦地洩出。再怎麼使盡全力壓緊箍圈（這個木盆的箍圈是鐵絲製的），失去溼氣的木材還是不斷從縫隙間漏水。

不僅人體，任何肉體的存活都意味著骨頭、肌肉、皮膚、指甲、內臟、牙齒、毛髮等等一個又一個「個人」的密切接合，而維持這個接合關係的便是濕氣吧。木盆會活著也是因為濕氣。濕氣在箍圈的束縛下活著。這濕氣是血，是淚，是汗，是唾液，是性交體液，是鼻水，是小便，就連大便也蘊含吧。人體是酒桶，是肥料桶，是浴室小木盆。然而，將滿溢的溼氣束起的工作若交由花圈（花輪）負責，它的花瓣、花莖會施展出多大的力道呢？濕氣將會湧向美麗又脆弱的花圈，使其張力達到極限。水分不會從僵固縮小的木材縫隙間洩出，而是會從飽含水分、伸展開來的木料的縫隙間溢出。束起它們的如果是鐵環或竹環就算了……竟然是花圈。

與其說它在束緊木材，不如說它是見證水分表面張力極限的端點，不對，是新船下水典禮彩帶上的蝴蝶結之類的玩意兒。我已無法惴惴不安地盯著它看——心裡雖然這麼想，卻還是熱切地看下去。

至於和一。一當然是刀刃橫切留下的傷痕吧。朝裝滿血液和性交體液的堆肥桶表面，「唰」地橫切一刀，血液沿著刀刃軌道安靜浮現，展現出水平橫畫。不過說到這刀刃呢，世界上其實有禁止持有長度十五公分以上刀械的法律，而且這法律瞧不起刃長的合用性，不當一回事，這點實在很糟糕。因此呢，和一的一字傷痕，是以刃長一公厘的刀子犯下的罪行。和一在法律管不著的刃長的邊境，夜夜磨他刃長約零點一五公厘的筆尖。為了主義者存在的法律，無法發現這微生物研磨的凶器吧。不，別說法官了，那些說細菌沒有思想、轉身無視它們的傢伙啊，他們的背部如果沒遭到侵蝕便是萬幸了。

然後是和一的和。這文字是什麼呢？說穿了就是和平的和吧。開朗愉快的和平，不危險的和平，人類皆平等，讓我們孝順父母吧，讓我們遵守交通規則吧，空罐要丟進垃圾桶，然後呢，呃……垃圾桶裡頭的空罐，裡頭的和平，即無理（non-sense）的終點站。啥啊，這論調是啥……？簡單說，和平就是最大無理。或者說，無理才是最大的和平。或者說，哎呀，不管要從哪個角度看，總之我指的就是那終點站，位於公車路線終點的迴轉廣場的，莫名令人感到落寞又和平的空間。它顯得和平又有些落寞，是觀看者的性質所致吧。因為他們是接下來會去選舉投票的那種，辯證法式發展的人類吧。

不過和一的和，是為了站到那無理廣場之上才搭公車過來的。他搭的是自地板破洞伸出兩條腿，自力推動前進的公車。不過，只要那廣場仍是終點，它就會繼續作為公車路線而言的發車點存在，而和一又得推著公車上路，前往下一個無理終點。

一言以蔽之，所謂花輪和一的漫畫，便是垂死掙扎之愚昧。滿身是血、是汗、是淚的愚昧。

比方說，世上絕不存在能夠給予這些漫畫好評的政黨吧。這是花輪和一締造的光榮結果。因為，所有政黨都以權力為目標，而花輪和一的漫畫是永久性的反權力。說什麼反權力，聽起來像是左翼權力似的，也許令人生厭，不過這只是單純的數學關係。比方說，假如社會主義寫實主義的另一頭存在著資本主義寫實主義，那麼花輪的漫畫就是位於它們背面的無政府主義被虐主義吧。被虐狂的風俗面詳情就交給專家處理，我要說的是花輪的漫畫充滿了負能量。那麼，來自「正」的世界、生產性世界的批判，會有什麼下場呢？那語言接觸到這漫畫的負性皮膚的瞬間，「正負得負」便會發生，它只會轉化成更多負能量，只會暴露「正」理論的刻板印象。此外，反體制「主義者」投來的近似「負」面願望，也只會招來同樣的結果吧。

在教養的底層與現實密切接合的本漫畫，具備無理的現實性。亦即，根深蒂固的負之現實性。他自幼兒時期起，便持續將白日夢之粉末搽抹在雙手，不曾被教養騙奪。而上述的負之現實性，就是能夠毫不濺灑地取出這負之粉末的才能，所發出的呢喃吧。

一是負數的符號。花輪和一，這是通往「負」的名字。

本解說文收錄於限定版《花輪和一作品集》
（一九七七年發行・限定八〇〇本／青林堂出版）

スーハー
スーハー

啊啊……終於
迎來最糟糕的
事態了。
沒想到竟然
會這樣……

無進展的事態

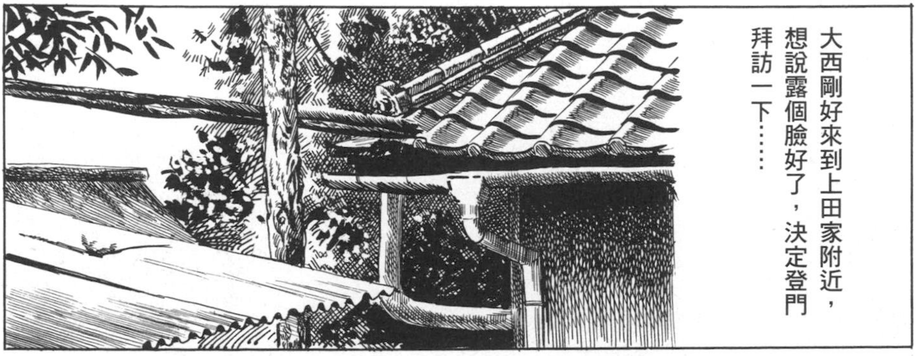
大西剛好來到上田家附近，
想說露個臉好了，決定登門
拜訪一下……

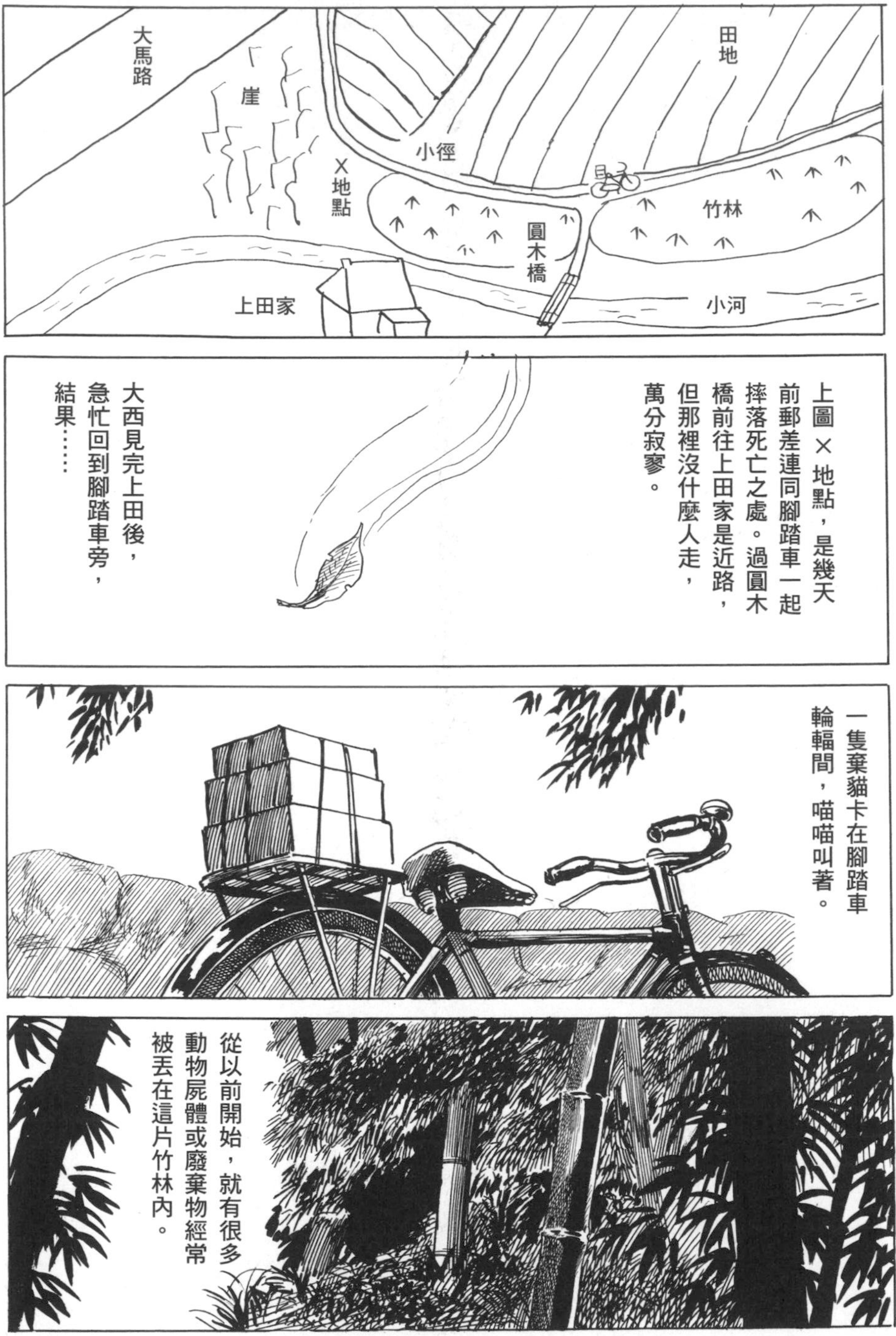
大馬路
崖
田地
小徑
X地點
竹林
圓木橋
上田家
小河
上圖×地點，是幾天前郵差連同腳踏車一起摔落死亡之處。過圓木橋前往上田家是近路，但那裡沒什麼人走，萬分寂寥。
大西見完上田後，急忙回到腳踏車旁，結果……
一隻棄貓卡在腳踏車輪輻間，喵喵叫著。
從以前開始，就有很多動物屍體或廢棄物經常被丟在這片竹林內。

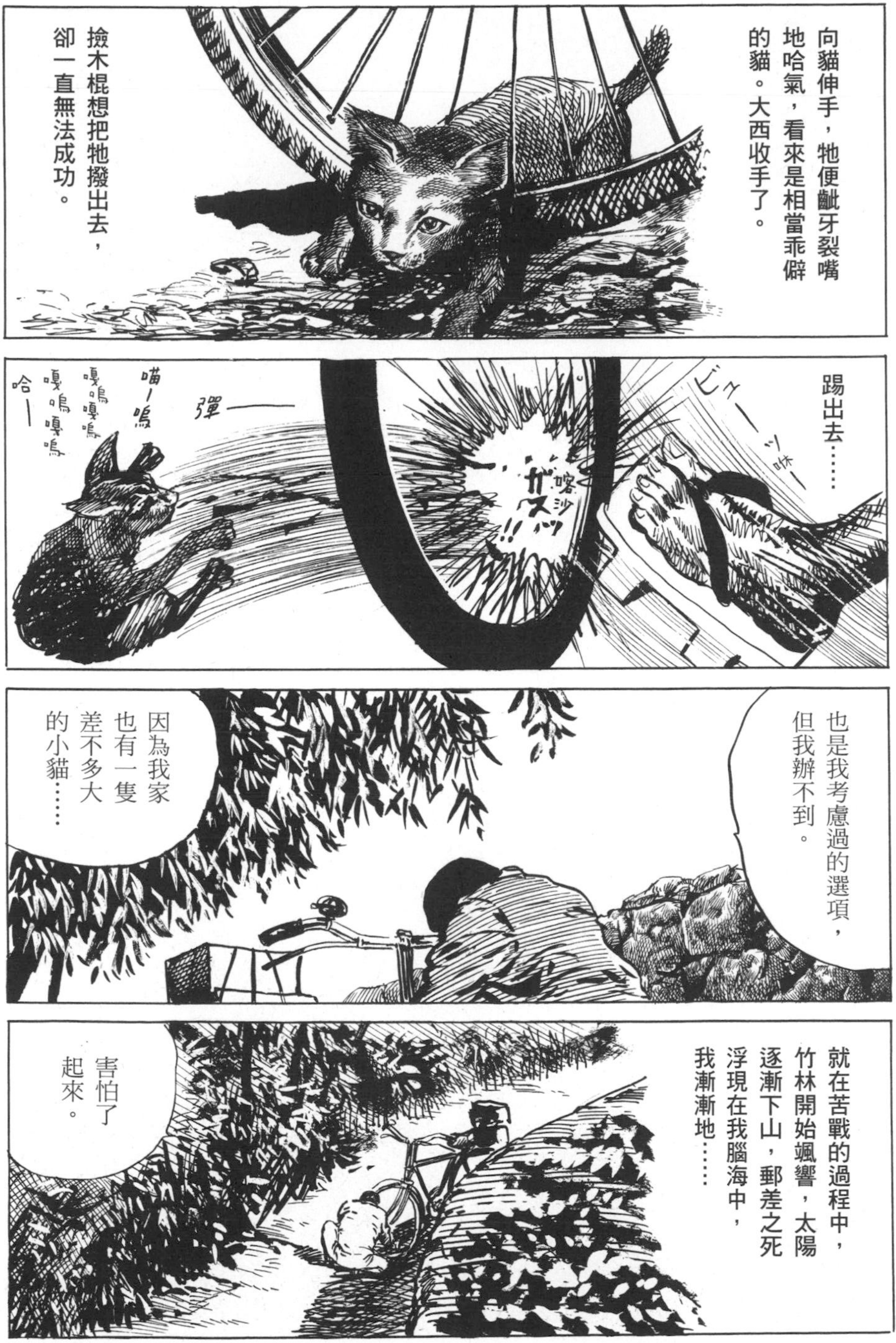
向貓伸手，牠便齜牙裂嘴地哈氣，看來是相當乖僻的貓。大西收手了。
撿木棍想把牠撥出去，卻一直無法成功。
踢出去……
ビュ—ッ
咻—
ガスッ!!
喀沙
彈——
喵ㄧ嗚
嘎嗚嘎嗚
嘎嗚嘎嗚
哈—
也是我考慮過的選項，但我辦不到。
因為我家也有一隻差不多大的小貓……
就在苦戰的過程中，竹林開始颯響，太陽逐漸下山，郵差之死浮現在我腦海中，我漸漸地……
害怕了起來。

這時不幸的狀況發生了，一輛汽車開了過來。
我慌了起來。要是直接騎車，
貓會被夾斷成兩截。
貓之死經常是馬路或平交道事故的前兆，我討厭那種狀況。
不過我自己的腳踏車又阻礙著他人通行，沒有比這更令人感到歉疚的事了。

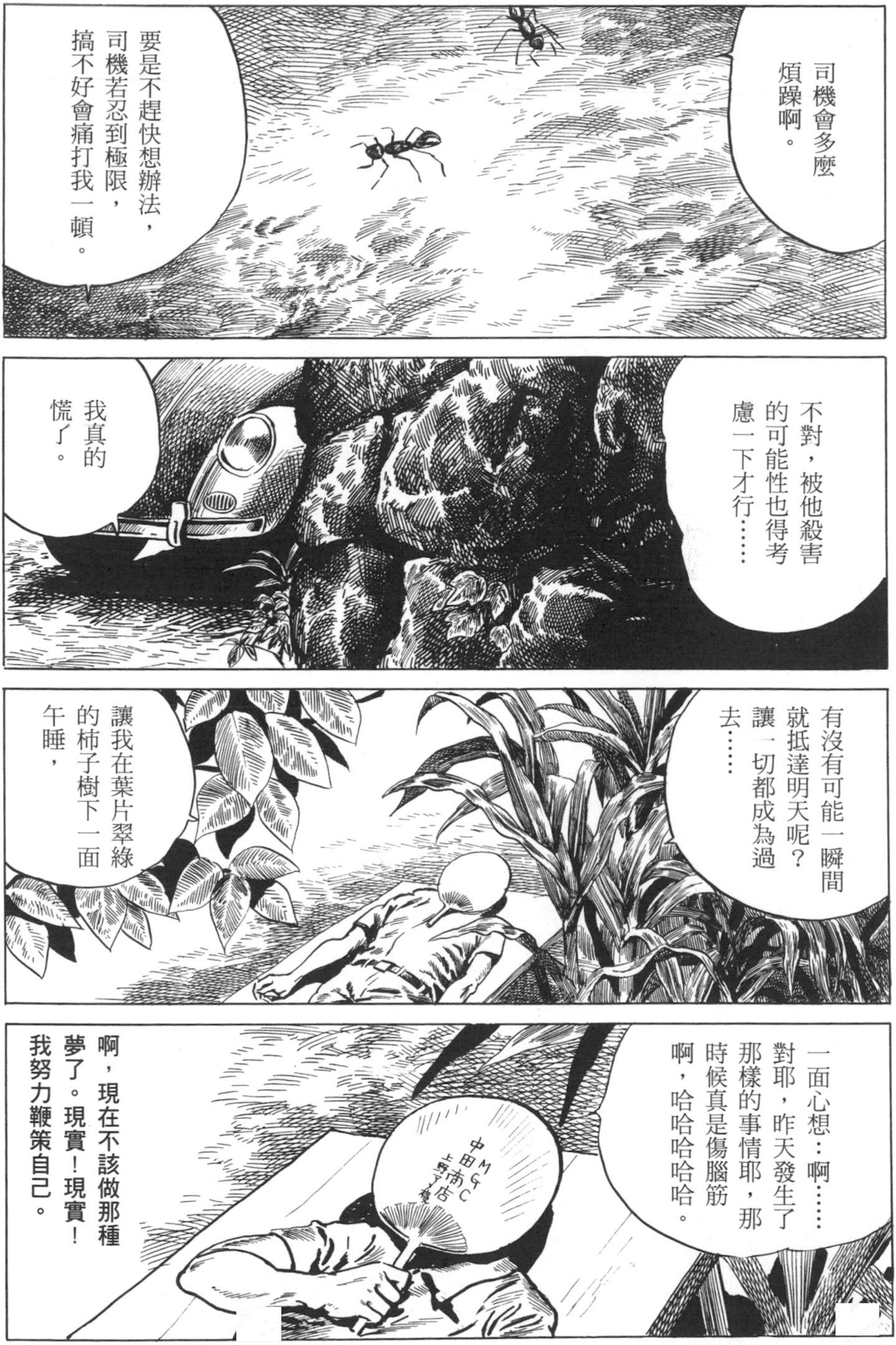
司機會多麼煩躁啊。
要是不趕快想辦法，司機若忍到極限，搞不好會痛打我一頓。
不對，被他殺害的可能性也得考慮一下才行……
我真的慌了。
有沒有可能一瞬間就抵達明天呢？讓一切都成為過去……
讓我在葉片翠綠的柿子樹下一面午睡，
一面心想：啊……對耶，昨天發生了那樣的事情耶，那時候真是傷腦筋啊，哈哈哈哈哈。
啊，現在不該做那種夢了。現實！現實！我努力鞭策自己。

擋住汽車的時間還不到一分鐘，對我而言卻像過了一、兩個小時。
震怒的司機遲早會打開車門衝出來的。
我得快點才行。
這時候要是有飛機墜落，我就會得救了。
司機會為它分心，而我將趁機把貓弄出來。
哎呀，這不是○○先生嗎？
啊，你是……

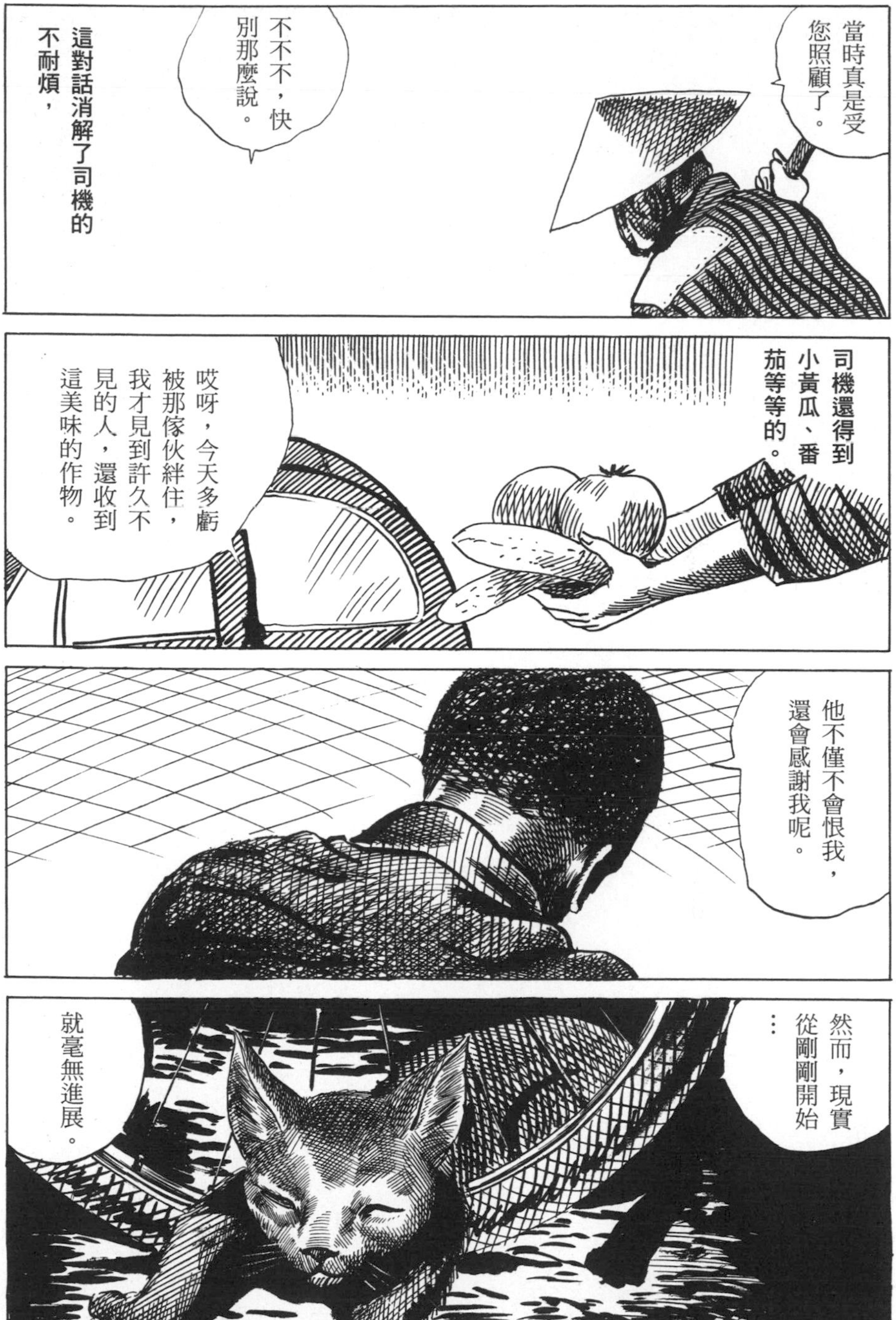
當時真是受您照顧了。
不不不，快別那麼說。
這對話消解了司機的不耐煩，
司機還得到小黃瓜、番茄等等的。
哎呀，今天多虧被那傢伙絆住，我才見到許久不見的人，還收到這美味的作物。
他不僅不會恨我，還會感謝我呢。
然而，現實從剛剛開始……
就毫無進展。

〈無進展的事態／完 ・1974.6〉

グピュッ

首次發表處

赤夜	1972年《Garo》9月號
歸還	1974年《Garo》7月號
獵人	1972年《Garo》10月號
醜惡蟑螂男	1973年《Garo》1月號
怨獸	1972年《SM Select》8月號
開談貓	1973年《Garo》2月號
業障地獄女「阿倉」	1984年《Garo》11月號
痏蟲	1971年《Garo》4月號
繭	1972年《Garo》6月號
因為不想變成貓	1983年《Garo》10月號
壺中嬰孩・第壹話	1985年《Pelican Club》4月號
壺中嬰孩・第貳話	1985年《Pelican Club》4月號
牽鼻子女（※於雜誌發表時原題〈被懲罰的女人〉）	1981年《Erotopia DX》4月號
價值連城的寶珠	1981年《Erotopia DX》8月號
心之影	1986年《Garo》1月號
無進展的事態	1974年《Garo》8月號

附錄

《赤夜》繁體中文版後記／導讀

血腥、情慾、古典，關於花輪和一

《赤夜》與《月光》為花輪和一1970至1980年代於《GARO》等雜誌發表的短篇合集，其中《赤夜》的版本，最早是由青林堂於1985年出版，後則有2013年青林工藝舍的改訂版——亦是本次鯨嶼文化出版的版本，差異則加錄有〈怨獸〉等作及獲芥川龍之介賞的赤瀨川原平對花輪和一的評價。在與丸尾末廣的對話錄，花輪和一提到自身的畫風主受活躍於大正、昭和時期的插畫家伊藤彥造影響，漫畫則受柘植義春的啟發[1]，至於艷奇情色則在1972至1974年間的日本成人雜誌《SMセレクト》上發表大量創作而得到發展[2]，因此，透過此兩部作品集，可一窺初期花輪和一其獵色、殘酷、肉慾橫流、倫理荒唐的諧謬，但觀覽的同時，也可發現畫風及題材在血腥、嗜虐、耽美及古典、民俗、昔話間交錯而產生差異，作為日本當代令人尊敬的異色漫畫代表之一，以下嘗試僭越淺談花輪和一自1970乃至1980年代產生的轉變及隱晦。

摸索與耽美

雖花輪和一自述其漫畫創作的啟發主受柘植義春影響，但細究花輪和一於1971

年《GARO》的漫畫登場作〈疳蟲〉（かんのむし），不難發現被稱為疳蟲的小主人翁其實帶著濃烈的日野日出志那慣性的圓臉人物之影子，過場表現則恍如丸尾末廣的熟悉，背景描繪有著水木茂細膩的針筆筆觸，對於初出的作品而言，此時的花輪和一更像是在眾多獨具一格的群像身上仿引可用的素材來塑造自己，類似的表現在〈見世物小屋〉（1971）也可得到觀察（《月光》收錄），但花輪和一並未在群像中疑惑迷失，旋即於1972年的〈繭〉與〈肉屋敷〉（《月光》收錄）之間宣告變化，前者不論在劇情詭譎、人物塑造上，仍隱隱帶著日野的怪誕，但同一時間，受日本知名成人刊物出版社「東京三世社」之邀的花輪和一，則被激發出明治毒婦與昭和怪奇結合的方向[3]，

1 《GARO》1992年5月號 花輪和一特集（與丸尾末廣對話錄）。

2 《私家版 妖艶画集》鴉塚那智 自費出版 2018，屬資料性同人誌作品，收錄有花輪和一 1972至1974年間於成人雜誌上的插畫、繪物語及單行本未收錄作品。

3 《花輪和一初期作品集》後記自述2007，花輪和一提到當時的耽美轉變除受到成人創作的影響外，其發想是將毒婦物與怪奇物相結合，對於在貸本漫畫店得到啟發的花輪和一，1960年代怪奇貸本漫畫的影響應不言可喻。

並發表〈肉屋敷〉這開拓花輪和一式耽美與殘虐的經典，時於《SMセレクト》發表的情色創作，更彷如被開光般，產生極明顯的化學反應而顯現於同在1972年發表的作品，如於成人雜誌刊載的〈怨乳〉、〈怨獸〉，於《GARO》發表的〈赤夜〉、〈獵人〉及後於青年漫畫雜誌《ヤングコミック》發表的〈髑髏乳〉（《月光》收錄），耽美在這年的花輪和一身上羽變。

然沉浸於詭誕的花輪和一，仍可從此時作品見到與古典的融合，如短篇集《赤夜》的同名開篇，即便花輪和一對這樣的自我貼上「所謂俗惡漫畫」的標籤（標題頁左上文字），但在日文原版裡，花輪和一嘗試將所有文字以片假名（カタカナ）的方式呈現，就筆者個人觀點，不論其意圖或用漢的「俗」字來彰顯和的「音」韻、或對一路延用至明治時期的和漢文體所隱晦之大和語言本體（清水正之2014）來突顯和魂的獨立，皆將日本主體的重視體現於創作初期，或許，這也是後來花輪和一的眾多作品總以古典日本為核心的起點，這也可從頭戴源於歌舞伎的宗十郎頭巾之蛇之助得到剖析，蛇之助的圖像表徵，不僅是花輪和一對於啟蒙者伊藤彥造的致敬外——傑作名畫《角兵衛獅子》，更是花輪和一對於〈赤夜〉的宣示，告訴讀者一齣同時擔任「立作者」與「座元」[4]的花輪和一仇討歌舞伎即將演繹，相輝映的浮世繪元素（諏訪春雄1999），則體現於仿自幕末明治無慘繪於分鏡、分格的表現（如〈赤夜〉裡的「丈夫欺凌妻子之圖」等），同樣的痕跡在〈髑髏乳〉也可發現。即便表象的無量血瀑與肉體賤斥讓花輪和一呈現出迥異主流的自我，但骨子裡對日本位格的崇敬卻也充分參雜於創作夾縫讓人讚嘆。

另一方面，花輪和一也將懸詞（雙關）、緣語（相關），妝點於〈獵人〉（1972）及〈開談貓〉（1973），隨分鏡推演，不難發現〈獵人〉其實是一部主述結構為「獵」捕「人」類的「獵人」，即便短短四頁，卻盡顯花輪和一對人類殘虐本性的描繪，如此花輪和一式的詼諧，在〈開談貓〉亦然，對於原文為〈かいだん猫〉的〈開談貓〉，其中的「かいだん」可作「怪談」解，也可作「階段」（樓梯）解（假名皆同かいだん），在畫面氛圍的營造上，最一開始的分鏡，花輪和一嘗試告訴讀者這是部可能與貓有關的怪談，但同〈獵人〉般，隨分鏡的收尾，原本的「怪談貓」反而變成在樓梯彈跳的「階段貓」（在日文版的〈かいだん猫〉之最後字框有著「階段」兩字之強調），另一方面，貓在樓梯對著瀕死的僧尼向上彈跳，則有將日本密教對於人類心性的

4 歌舞伎裡的主要腳本創作者及演出負責人。

上位開悟之階梯論融入分格的暗示[5]。

至於1973年的〈醜惡蟑螂男〉則兼具江戶川亂步〈屋頂裡的散步者〉、〈人間椅子〉（1925）的味道，花輪和一同時保留前者偷窺的情慾與後者肉體的黏膩，並以蟑螂為引子來帶出讀者的普世噁心，對於江戶川亂步元素的帶入，亦可從男主角疑似翻閱川崎ゆきお的《獵奇王》來得到觀察（狂熱於江戶川亂步並帶入創作的漫畫家及作品），而蟑螂男的出現，除是花輪和一對於科幻恐怖、肉體變異的嘗試外，另一層面或許是將自身幼年期無法受到良好教育與成長之情境投射，故事中，蟑螂男的母親從小便因資質愚鈍而受親姐姐的嘲諷，生下的孩子也因內向、自閉而無法融入社會，此時優異而美形的男主角出現來寄宿，正好將自幼所受到的欺凌反饋於姪子身上，來反映自身的悲劇宣洩。另一方面，1974年前後的花輪和一發生精神上的變化，創作感的壓迫使其產生不知該畫何物的窘境，然對古典編繪的潛意識卻也在此時盤據（《花輪和一初期作品集》後記自述）。

重構與再變

誠如前述，對於初覽《赤夜》與《月光》改訂版的讀者而言，隨著作品觀覽，不難發現花輪和一在畫風、題材的迴變而明顯，如此差異或得從1974年說起，若先前的花輪和一是在血腥殘虐又帶著和式美形的創作

上壓抑，1974年於《別冊SMファン》發表的〈河童〉[6]及1975年於當時的主流漫畫出版社「少年畫報社」的《漫画ボン》發表的〈日本妖怪おどろ草子〉[7]系列，則將花輪和一帶向古典重構的另一歧異，中間的沉寂[8]則在1979年受双葉社之邀，創作出迥異於先前的〈怨焔〉，進而迸發出從早期耽美轉變為對日本中世（大和、奈良、平安時代）的淬鍊，同一時間，受ベストセラーズ之邀，於《男のゲキジョー》發表的〈一寸法師の冒険〉，亦讓花輪和一揉捏出科幻與御伽噺[9]融合的新解，在後續的作品亦可

5 將「かいだん=階段」顛倒則成為密教語的「だんかい=段階」，而貓倒著往上跳，是否可視為花輪和一對於階段顛倒為段階的暗示？此外，かいだん除了當怪談、階段解外，也可以當作佛教語的「戒壇」解，這其中的含意或許值得讀者細細琢磨。

6 發表於1974年8月的《別冊SMファン》，劇情開頭便闡明〈河童〉乃改編自赤松宗旦的《利根川図誌》。

7 主要將日本古籍的妖怪傳説重新編繪，而花輪和一在此系列所編繪的妖怪有一つ目、泥田坊、長壁姫、産女、土蜘蛛、二口女等。

8 花輪和一於1974至1979年間發表的作品部數就已有刊載資訊的部數統計為，1974年6部、1975年6部、1976年0部、1977年2部、1978年0部、1979年6部、1980年14部。可以明顯發現在1976年至1978年間的創作趨近於無。

發現類似的足跡，如收錄於《赤夜》的〈心之影〉（１９８６）、單行本《御伽草子》（１９９１）、《水精》（１９９１）等，然而，除對古典的重新詮釋外，另一關鍵或與花輪和一於１９８３年的漫畫雜誌《スーパーアクション》長期連載揉合傳統神話、妖魅、宗教的《護法童子》有關，此部作品亦為花輪和一自１９７１年漫畫出道後的首部長期刊載作品（臺灣尚未翻譯出版），而《護法童子》的突出，也成為奠基花輪和一自１９７０年代初期的情慾耽美，蛻變成屬於花輪和一自成風格的人物表現之基石並持續至今，這樣的畫風變化，可從《赤夜》收錄的〈因為不想變成貓〉（１９８３）、〈業障地獄女 阿倉〉（１９８４）、〈壺中嬰孩〉（１９８５）等作與初期貪戀肉體符號的花輪和一對比。

值得留意的是，花輪和一對於自身戲劇性的幼年遭遇——生父早亡、生母改弦、繼父暴戾，可從〈業障地獄女 阿倉〉對母親一角之辱罵、〈壺中嬰孩〉（桃太郎物語的變形）的嬰孩被生母拋棄、親子「弒」親父的描繪得到省思，畢竟在血肉橫飛的背後，或許是花輪和一將自身成長遭遇憤斥於其中的隱晦，特別是子弒父吞食內臟的分鏡震撼，物語裡的桃太郎討伐的是鬼，壺中嬰孩討伐的是父親，而「弒父」是否為花輪和一對其繼父的情感發洩，這答案或許耐人尋味。

對於同時帶有血腥殘虐的外相、情慾縱橫的放蕩、古典傳統的崇高，如此龐雜而多變的花輪和一，很難將其因外相而歸類為恐怖、將其因放蕩而歸類為情色，或許對於1970年代初期的花輪和一而言，這些僅是當時對商業漫畫無法接受自己創作之反抗，透過主流所不容的異色暴戾、情色歡愉來對世界用畫筆呈現真實的透澈，但隨著1976年至1978年間的沉澱、重組，也從早期的耽美、獵奇，蛻變成1980年代後，揉合中世日本民俗、物語於一的花輪和一，畫風的迴變，或許也代表著花輪和一不同時期心態上的適應，這也是《赤夜》與《月光》值得讀者再三品味的地方。

怪奇閣

9 指日本的童話、神話、民間故事等，如〈桃太郎〉、〈浦島太郎〉、〈舌切り雀〉等。

MANGA 004

赤夜

赤ヒ夜 改訂版

作者　花輪和一
譯者　黃鴻硯
導讀　怪奇閣
美術／手寫字　林佳瑩
內頁排版　藍天圖物宣字社
社長暨總編輯　湯皓全
出版　鯨嶼文化有限公司
地址　231 新北市新店區民權路 108-3 號 6 樓
電話　(02) 22181417
傳真　(02) 86672166
電子信箱　balaena.islet@bookrep.com.tw

讀書共和國集團社長　郭重興
發行人　曾大福
發行　遠足文化事業股份有限公司
地址　231 新北市新店區民權路 108-3 號 8樓
電話　(02) 22181417
傳真　(02) 86671065
電子信箱　service@bookrep.com.tw
客服專線　0800-221-029
法律顧問　華洋國際專利事務所 蘇文生律師
印刷　勁達印刷有限公司
初版　2023 年 3 月
初版二刷　2023 年 4 月

定價 400 元
ISBN 978-626-7243-13-8
EISBN 978-626-7243-11-4 (PDF)
EISBN 978-626-7243-12-1 (EPUB)